那女孩對我說

黃山料

suncolor
三采文化

一輩子，總有那一個人，
他讓你，成為更好的你自己。

目錄

第一章

……對的人。

第二章

……

那些，想一輩子惦記的事。

第三章

……那些，不該被想起的事。

第 一 章

——對的人。

對的人
是一份平靜而溫暖的陪伴
從容不迫的分享彼此日常

沒有提心吊膽
沒有等不到的晚安

合適的伴侶
從來不是讓你拚命追趕的呀

「高冬雨，妳在寫什麼，我看……」

「高冬雨……」

「高冬雨，妳來床上……」

書桌旁，賴在床上瞌睡的男朋友喊了我的名字，嚷嚷想看我的日記，卻在講完後睡去，他戴著耳機，而我未停筆，繼續書寫……

寫於2020年11月10日的日記。

日記？它更像是心願。

篇名：【我想嫁得像她一樣】

她在二十五歲結婚，生了一個孩子。

男方心疼她肉身之苦，而要她專心安養、持家；

讓她專心成為男方疲累一日後，能安放的溫床。

一生練習如何去愛，如何成為溫暖的人。

她的男人，只管在社會奮力一搏，拚搏一份足以安家的事業；
而再晚回家，家門口總亮著一盞燈，等著他。

夜歸後，妻子再累也想下床為他加熱三菜一湯；
她要她的男人放心去闖蕩，無論何時，家永遠等著他。

我想嫁得像她一樣。
她，是我最幸福的媽媽。
深愛著把她寵成小女孩的爸爸。

爸爸在婚姻二十週年說，家庭主婦比外出上班更辛苦，不該沒有
回報，於是將房子買在媽媽名下，感念媽媽二十年的辛勞。
兩人成為彼此的全世界，你為我而拚命，我為你而溫柔。
我們，成了再也分不開的生命共同體，少了誰便難以獨活。
時間，證明了我嫁給了愛情，也證實你非我不可的決心。

我想，我會嫁得像她一樣。

▸▸▸

桌上「智障型手機」Sony Ericsson K550i，珍珠白的機身已破舊不堪，隨著智慧型手機流行，人類已不再使用傳統型手機打電話，老式手機已被淘汰。但我們倆，偶爾仍使用它播放MP3音樂，旋律是我們十年前的定情曲《那女孩對我說》。手機擴音，音質不清晰的歌聲縈繞正寫日記的我，以及身旁正在午睡的你。

我用黑筆在你的手臂畫一朵下雨的雲，看了看，再添上一顆太陽。

雨雲是我的名字，高冬雨。
太陽是你，王宇陽。

筆尖刺醒了你，你看了我畫的太陽和雨，並半睡半醒的東張西望，先是狐疑的眼神，然後噗哧一笑。再看了窗外寒冬陰雨，天色已晚，你要我早點回家。

我們通常一個月見一次面，一趟車程來回要三小時，若是太早走，相處的時間都不夠。你事業繁忙，平常我只能跟手機談戀愛，今天難得實體戀愛，當然要賴在這裡久一點。

你將我的日記搶去翻看，我說不給你看，你說寫在你筆記本上的事情，為什麼你不能看？對，這裡是你的地盤，你租的房間，你的黑筆，你的筆記本。於是只好任憑你翻閱我的心境。

「又在想嫁給我喔！」

宇陽伸手揉亂我及肩的長髮，笑得好燦爛，眼睛瞇成一條線，唇紅齒白。我撥開你的手，伸出我右手，模仿你，揉亂你的頭髮，但你的平頭絲毫不受影響。你說這個髮型是因為方便、省時，讓你專注於工作。自己理髮，省錢。

「妳又過敏啦？」你一把抓住我的手，我才發現白皙的手背又紅腫發癢了。每次蓋你的毛毯我都覺得渾身癢，但回家後就自然沒事了。

「我沒事！忍耐一下回家後自己會好。欸欸，宇陽，再過幾天，就是你好多年前，就說好要向我求婚的日子。要是表現不好，我可不會答應喔！」看著宇陽時，我雙眼裝滿期待，羞澀的臉頰，因期待而鼓了起來。

你沒回應我。你奪走我的日記，轉身背對我，你低頭，貌似正在閱讀。後來，沉默的空氣裡，你用棉被將自己蓋住。你在棉被裡安靜很久。

我叫你，你沒回答，而我孤單坐在書桌前懷疑人生……

你為什麼不回答我？

窩在棉被裡發呆什麼？

這個猶豫不定的男人……還能嫁嗎？

大約一首歌的時間以後，我聽見你悶在棉被裡的聲音說：

「我這輩子只有妳了，還有什麼不放心的？寶貝妳放心，我會很努力，很努力。」

你翻開棉被，將筆記本闔上，把我拉進懷裡，揉揉我的手，你說要是會冷，就窩在你胸口取暖吧。剛睡醒的你，身體暖烘烘的，如冬日裡的暖陽。

棉被的一角濕濕的。

「吼！王宇陽！你睡覺流口水沾到我了啦！」

「王宇陽，不要弄我喔！很噁心啦……」

你故意用濕了的棉被沾我，我們一如往常，在床上打打鬧鬧。雖然口水好噁心，你好幼稚，但我偏偏就喜歡和你賴在一起。

你和我同款的Sony Ericsson K550i舊手機也在枕頭邊，十年前的舊手機，我們留著的唯一理由，只因是當年初見時的定情信物，我們的相戀，是因為那支手機。那是一份回憶，而非一份物慾。

房裡中古的暖氣機已嘎嘎作響。雙人床、布簾式衣櫃、舊到脫皮的木書桌、一扇生鏽小鐵窗，五坪的小房間。剛出社會，自食其力的少年，在都市裡拚搏，實在不易。

衣架上吊掛我昂貴的長大衣，和屋子裡廉價的氣息反差巨大。窩在你懷裡，身穿質地細緻的羊毛衣，卻蓋著你的粗毛毯。毛毯質地粗糙，會刮手，還堆積塵蟎，使我過敏。但碰面只有一個月一次，偶爾體驗這般生活，還能忍受。我的忍受不算什麼，重要的是，我看見你總是拚命於實踐自己，那令我崇拜。

「那我到時候……也需要見見你爸媽對吧？我未來的公婆。」

我試探性問問，而你一如往常，一口回絕。

「不用。不要擔心這個，妳知道，我不喜歡聊家人這一塊。」你的手臂肌肉線條鮮明，環扣我，溫熱的體溫將我包覆。一直以來，家人父母等，是你的地雷區。

「那你朋友呢？你什麼時候會介紹我給你朋友認識？」我問。

「幹麼複雜化？愛情是兩個人的事，越單純越好，不必特別對外人報備進度。妳從前不也總是這樣認為嗎？」你反問我。

你說的沒錯，這是我們一直以來的共識。

你捏捏我的臉頰，要我放輕鬆。我將臉頰貼近你的胸口，呼吸你身上毫無人工感，純粹二十五歲大男生自然散發的香氣。

我們的戀情從未對外人公開，目前知道的，只有我父母，以及我們這兩位當事人。宇陽給的理由是，愛情是兩人的事，不必對外人交代。而我也不樂於成為同學朋友間的八卦，於是，我們愛得非常低調。

八卦可想而知，大概是門第不相配、男方愛的是女方家裡的錢、二十五歲結婚是不小心懷孕了嗎？嫁得太寒酸等。我也同樣保護我們的感情，不忍見一絲看戲的眼光審視我們。

我會不會不安？最初當然會，後來倒有減緩。宇陽和我爸已是忘年之交，暢談時親如父子，他們的好交情，使這段感情的安全感分數上升了一些。

我和宇陽相識十年，年少時日日相見，成年後，聚少離多，近五年來的見面次數疊加起來，也許不超過一百天。王宇陽的事業剛起步，我得體諒他的辛苦。

「之後總會結婚的，到時，總得日日見面了吧？」

我說完，仍窩在你懷裡，卻不自覺嘟起嘴來。皺眉，心想這句話背後的委屈，王宇陽大概不會懂，畢竟就算不見面，你也活得好好的，對著手機談戀愛似乎就能滿足你。唯有我苦等著，我們能結束「長期網戀」的那一日。

「寶貝放心，能給妳的我都給妳，我會認真賺錢，給妳好的生活，讓妳住好的房子，冬天不冷，夏天不熱，讓妳每年秋天開心去買新外套過冬。」宇陽說話時，溫柔的語氣，聽起來誠懇。

一個人若在愛裡能任性，
代表對方給足了她滿滿的愛，
呵護她，把她灌溉成了天真的模樣。

我喜歡與你相處時的我自己，
能單純賴著你，喜歡著你。

生氣可以鬧脾氣，委屈了就嚶嚶嚶，
無盡的撒嬌、時常任性。

必須大肆炫耀一下，
愛妳的人，真會讓妳變得很可愛啊。

擠擠蹭蹭，擠擠蹭蹭，
一點縫隙也不要有。
將我的背脊與你的前胸、下腹貼合，
雙臂扣緊我，扣緊我，別讓我有機會溜走。

擠擠蹭蹭，擠擠蹭蹭，
在王宇陽懷裡取暖、撒嬌的日子，
我總感覺，我是一個心安且笑容滿溢的小孩子。

安全感
是你讓我知道
你在乎我
像我在乎你一樣多

求婚日。在鬧鐘未響以前，先睜開了眼睛，忍不住揚起嘴角。拿起手機，桌布亮起，是我和宇陽的合照，一條藍色圍巾繞著我們倆。看見陰雨如舊的台北，好心情卻像能照亮整個雨天，心撲通撲通跳動。

我們的求婚地點相約在台北 101 正門口的 LOVE 裝置藝術，我說求婚這種一輩子會記住的事情，必須選在一個「永遠會存在」的地標處發生。

我的劇本裡，初次約會啊、求婚啊、告白等等，這種需要儀式感的事情，得要選對地點。必須是無論我們這輩子活到幾歲，想回頭看，都能再次親自到訪的地點。

只為了「永遠能攜手前往回味」，

就能永遠記得最初相愛的感覺啊！

——宇陽傳來一張照片。

下午一點半，通訊軟體響起一則通知。

照片是宇陽拍攝了他的手臂，
上面有我用寫日記的黑筆亂畫的太陽和雨。

不懂宇陽的意思。

細看，帶點景深而模糊的背景，有許多圖畫紙，
其中還有一張貼紙，上頭模糊的文字寫的是「初代彫源」。

「寶貝陽陽在想念我嗎？下午不用進公司嗎？」
猜想這張照片的意思，是不是在想念我呢？
訊息下方兩個灰色勾勾出現，代表訊息已送達。

我微笑著吹頭髮，微笑上淡妝，微笑吃飯，微笑向爸媽說聲午安，活在期待裡，倒數幸福來臨，於是生活中的每一丁點，都跟著快樂了起來。

——已讀。

傍晚再次查看訊息。灰色勾勾變成藍色，代表宇陽讀了訊息，但未回覆。我們都是成年人了，都用各自的方式為這段關係努力著，當我知道，你珍惜我，像我珍惜你一樣多，我就能安然自在。

大人的戀愛，不再是每分鐘都膩在一起。他休息時，自然找你，他忙碌了，突然沒回覆你，你也該放下手機，去忙你的；兩人有各自的圈子，沒有躁亂、沒有不安。

正在趕著下班吧？正在騎摩托車朝著與我碰面的方向前進吧？

想著、想著，不自覺洋溢笑容。

我們相約傍晚五點，而我提前二十分鐘抵達，緊張而原地來回踱步。耳機裡是《那女孩對我說》，聽著，想起那年，同在這裡，初次與你約會。

這個地點，也同是我們當年第一次約會的地點。

那年，也是如此薄薄的霧雨。

那年，窩在你心口的我，初次悸動。

那年，我也聽著我們的定情曲，使用同一台老式手機。

回想起那年，心中飄散粉霧色的悸動。

那年……那年……

記得那年，一陣又一陣，不撐傘也無所謂的霧雨飄落。

「那女孩對我說，說我保護她的夢，說這個世界，對她這樣的不多……」老式手機正單曲循環著，這首屬於我們的歌曲。

當年第一次約會時，我特地提早五分鐘抵達，躲在角落遙望相約的地標物，那座 LOVE 裝置藝術的周圍人來人往，我卻裹足不前，預先設想好的初次約會劇本，正如實發生，我的戀愛正在生成，初戀它正在誕生。

提著見面禮物的右手，已顫抖不堪。

換隻手提，要送你的藍色圍巾安靜躺在提袋裡。

不怕，不怕，我還有五分鐘可以調整喘不過氣的心跳。

突然，手機響起。

是你捎來一則訊息：「我提早到了，等不及和妳約會了。」

我心中默默練習無數次的心跳，在此時，跳動得無法自拔。

心跳正瘋狂，我卻害臊得一步也無法踏出：

「宇陽你等等我，我在旁邊……整理心跳，不敢過去。」

「快來，看見我了嗎？」

我望向人群，人海裡不見你的身影。換氣幾次後，我低頭走向地標處，一步，一步，一步……

「你在哪裡？我不敢抬頭……」

低頭打字的我，按下送出，心跳已震耳欲聾。

突然，冰冷的空氣裡，碰！

我的傘掉落人群中，臉頰埋進一床溫熱的懷抱，震，震，震，跳動並震動我臉頰的，是你的心跳，它正猛力撞擊我發燙的臉頰。

我像是成為你身體的一部分，被你的外套包裹，其中一條耳機掉落，我聽見你說；「終於等到妳了。」此刻，屬於我們的第一次親密接觸，我們的幸福，誕生於冬雨初落下之時。

初次約會就如膠似漆？我應該將你推開。
卻沉溺於兩顆心相互撞擊的甜蜜，而無能為力。

世界像時間靜止，你的雙臂緊扣我肩膀，
使我緊貼你厚實的胸膛，原來戀愛是如此……
那時，我感受到此生的……第一次悸動。

此刻等待著你，憶起你強而有力的心跳。
心中再次揚起一片溫暖，
謝謝你，王宇陽。
我的太陽，你總能照亮一整座城市的冬天。

願，未來每一日
我能傾盡一切溫柔，只給你。

回過神來，傍晚五點五分。
天色漸暗，下班人潮漸增。
朝人群裡望啊望，你會從哪個方向出現呢？
惦記那年第一次約會的初心而雀躍著。

人潮裡不見你身影，我拿出手機，傳了一則訊息：「到了。」
系統顯示，兩個灰色勾勾，表示訊息已送達，但尚未讀取。

尚未讀取？
也許趕路？也許是一個特別的驚喜？

獨自站在人來人往的街道上，
等你的那份心意，是許你一生溫柔的堅定。

那年初見你，每天早晨，總見你拎著一份三明治給我，而我原本是不吃早餐的。日子一久，那年十五歲的我，竟被你養成吃早餐的習慣，漸漸與你產生羈絆。

後來升上大學，我們相隔兩座城市，你忙著實習、打工，也總留給我睡前兩個小時的熱線。大學畢業，你為公司賣命，我們能相談的時間被犧牲了。

我不哭不鬧，只因為我知道，那是你對我們共同未來的投資。這座大大的城市，我們如小小的螻蟻，如此庸碌；卻只要惦記著彼此，所有辛勞，都轉瞬間有了方向。替奮力一搏的你，感到開心。

後來……

再後來……

我在人群裡竊喜，回想著十年來的種種。

謝謝宇陽走進我的生命。

看了一眼手機。再傳出一則訊息：「宇陽你到了嗎？」

系統顯示，一個灰色勾勾。

嗯？一個灰色勾勾？我盯著訊息對話窗許久，將手機舉高，以免訊號不佳，而灰色勾勾卻仍舊只有一個……

意即——訊息已傳送，但未送達。

我立刻打了電話給宇陽。

「您撥打的號碼未開機，請稍後再撥。」

收不到訊息？未開機？

心中一陣慌亂，腦海一片空白。怎麼了？宇陽不曾這樣。

我開始著急了，時間走到傍晚六點整。

他是不是記錯時間？上一次對話停在中午他傳了一張我在他手臂塗鴉的照片來，而我問了他是不是想我，再問他下午需不需要進公司。當時的訊息，是兩個藍色的勾勾，代表已被讀取。

訊息在五點至六點間還能送達，六點就無法收訊息了。

也許，他被困在工作裡，無法脫身，而同時手機碰巧沒電？

這會是最好的情況。

又或是，最壞的情況……宇陽該不會……在路上發生意外？

我開始有不好的念頭。宇陽是非常固執的人，曾經約定好的，他從未爽約。多年來也總是一有空就回覆我訊息，鮮少讓我焦慮或擔憂。即使臨時有事耽擱，他也會惦記我，而趕緊告知我一聲，或打電話來。宇陽很溫暖，他從來不捨得讓我焦急。

我直覺想透過其他人詢問宇陽的行蹤，才發現這十年來，我們共同所認識的人，只有我的父母。我沒有任何一丁點，關於宇陽的聯繫方式，只要他關上手機，我們，便能從此永久斷絕。

我不認識宇陽的任何一位朋友，不曉得他公司的地址，沒聽過他老家的住址，更不知道他的戶籍地。他的雙親不曉得我的存在，若是宇陽出事了，甚至死了，也不會有任何人通知我。

只要他的手機關閉，我就像從來不存在一般，被抹去，永久消失在他的人生裡。我開始心生恐懼……

我想我該去他的租屋處看看，也許他病了，也許工作過勞而倒地不起？但我要是離開這裡，沒有手機的宇陽在我離開後抵達，我們會不會就此錯過？

我該相信宇陽，他不會做出讓我擔心之事，他會出現的。

這肯定是一場王宇陽專為求婚而設計的惡作劇前戲。
高冬雨，妳、要、冷、靜。

同時，控制不住發抖的心臟。手機不斷重新整理各大新聞網的社會新聞，下午與晚間皆無重大交通事故。每秒不斷刷新，重新整理、重新整理。再多次頁面重整，也無法整理我的焦慮。

晚上九點，還在街上的人，都換上了羽絨外套，因為今天是強烈冷氣團襲台的第一天。刺骨寒風吹起。

蹲在地上，打了寒顫……
口中乾熱難耐，身體發燙卻冷顫不停……
冷風中殫精竭慮，身體逐漸疲倦。

站起來後，一陣暈眩，視線瞬間模糊不清。

……

不斷翻閱手機的我，卻驚見，宇陽的臉書不見了……我搜尋不到他的社群帳號。為什麼突然關閉了？遍尋不著。

緊張難耐，我決定現在直奔宇陽的租屋處。

車程一個小時，路途中，突發奇想打了一通電話給警察局。「請問有人失蹤了，可以請你們幫忙嗎？」這個問題難以啟齒，畢竟宇陽是個大人，而且是個體格健壯、沒有精神疾病的男人。

「請問妳和失蹤者的關係是？」電話另一頭的警察問我，而我愣了一下，結結巴巴說了兩個字，朋友。警察疑惑問了我一聲：

「朋友？」

我大概知道警察的為難之處，於是我加強語氣，男朋友。警察再問我：「男朋友？」警察停頓了一下，像是在找任何一句夠禮貌的拒絕詞，用以婉拒我。當他要繼續開口時，我打斷了警察先生。「是未婚夫，他是我未婚夫，我們約好的求婚日，他沒有出現。手機沒開機，他平常不會這樣，請問你們有任何能找到人的方法可以告訴我嗎？」

「請問失蹤多久了？」警察問。我說四個小時。警察卻噴飯式笑了：「小姐，妳跟他沒有法定關係，未婚嘛，妳要請失蹤者的家屬來報案才行喔。還有，四個小時而已，妳會不會小題大作了？他會不會只是不喜歡妳？分手就好好分手，妳這樣歇斯底里，男生都會很痛苦。」

電話裡的關鍵字，一字一字刺向我。分手？不喜歡我？我歇斯底里讓人痛苦？小題大作？我愣在計程車內，心臟突然刺痛、難以呼吸。失溫而發抖的雙手，快要失去知覺的手指搖搖晃晃，顫抖並猛力戳著手機屏幕，戳上那顆紅色鍵，電話掛上。

抵達宇陽租屋處，已是深夜十點。

在外頭晃啊晃，仰頭遠望五樓陽台，看似室內無光。

同棟鄰居回來，我隨之進入公寓內，踏上破舊的樓梯，昏暗而閃爍的白日光燈，明明滅滅。五樓，租屋處門口，鏽蝕嚴重的紅鐵門，輕易就能推開，沒鎖。

打開房門，破爛不堪的傢俱依舊，而衣帽架上的衣物卻已人去樓空，書桌上沒有筆電，插座上沒有充電線。五坪的小房間……空了。

披頭散髮，來回張望，撥開擋住視線的髮絲，使勁查找，想找到一絲人還在的線索。等等，對！垃圾桶。

對，垃圾桶，照常理推斷，垃圾是一層一層往上疊，垃圾的順序，可以窺探他一整天做了什麼。

最表層是大量衛生紙，是宇陽的鼻子過敏。往下翻，是不要的文具。棄置的舊雜誌。

……

跪地凝視垃圾桶，愣了許久，心痛而直發抖的手，拿起最下層的藍色圍巾。我那年送宇陽的藍色圍巾，被扔在垃圾桶裡。

突然一聲粗喊：「小姐妳幹什麼！」聲音低沉的男子，將我嚇醒。我扶著垃圾桶，緩緩站起，手持圍巾，不停顫抖，眼神空洞，形如瘋婦般的我，聽見房東說宇陽中午前，早已搬走。

幾點？十一點還了鑰匙，留下兩千元清潔費就走。去哪？不知道。我先打給我爸，他說王宇陽沒有聯繫他，爸爸一改平時溫柔的語調，用嚴厲的口吻，要我儘快回家。而我才聯想剛剛房東說的「十一點」？對，宇陽曾在下午一點半傳照片給我。

我隨手畫上的太陽和雨雲在他手臂，背景是圖畫紙和「初代彫源」，我上網查了這四個字，查到一則由「一件襯衫」這個帳號所發布的影片，得知這四字是一位刺青師的封號。

宇陽去刺青？將我畫的太陽和雨，要刺青師原封不動刻在手臂上。還真的。照片放大看，圖案的邊緣尚有細微的紅腫，是剛刺好的皮膚狀態。

刺青店營業至凌晨兩點。我想我必須過去一趟。

初代彫源，他身軀及臉頰皆布滿紋身，細心向我說明，並給我看了店內監視器，黑白的畫面顯示時間下午一點三十分，雜訊中，見到宇陽揹著後背包，一個手提袋。完成了刺青，踏出刺青店，而逐漸消失在路口……

那是宇陽在世界上的最後身影。

……

我該去哪裡？遊魂般繞回相約求婚的地點，空無一人，站在冰冷的裝置藝術旁，想著也許你會回來，你是如此重視約定之人。

這裡，是當年你將我擁入懷中之處，你的心跳猛力撞擊我的心跳，那一刻，就像永遠。你曾許給我一輩子的幸福，誓言要好好疼愛我……

還有一處沒有去，也許是在「那裡」？

我們初次約會時登上的象山山頂，

那座能鳥瞰台北夜景的小山丘。

那是我們曾攜手遙望的風景。

清冷的深夜，我在城市裡徘徊，搜尋任何一處你可能會出現的地點。踏上登山步道，雨水滲透髮絲與外套，身體越來越重，踏著石階，終於抵達山丘頂，那年與你坐看夜景之處。而你不在。你當然不在，只是我不放棄那萬分之一的希望而已。

遙望熄了燈的台北，城市安靜孤寂。

坐下，坐在那年與你同坐的觀景台，那台Sony Ericsson K550i舊手機從口袋滑落出來，拾起，順手播放了與你的定情歌曲。歌詞與旋律，讓記憶在腦海裡一幕幕閃現。

心神焦慮，心口疼痛，胃部翻攪，突然一陣暈眩，我倒下了，臉頰緊貼冰冷的地面，未閉緊的雙唇正微弱吸進冰冷的地氣，刺骨寒風正一刀一刀割開外露的側頸。

寧靜的黑夜，風聲蕭瑟，舊手機仍播放著《那女孩對我說》。

早已無法感知被凍結的身體。雙眼半開，直視前方地磚，淚水悄然落下，溶進雨裡，任憑霧雨浸濕身體，發不出聲音，卻想再多走幾步，也許，你正在某一個我碰巧錯過的街口正等著我？

我失去了意識，
在沒有你的世界裡。

想把一個曾出現在生命中的人
徹底刪除
並不是容易的事。

當你以為自己好多了
卻會在偶然得知一丁點消息後
再次歇斯底里。

兩年過去，2022年，我剪掉長髮，思念卻沒被剪斷。失去你以後，我不再愛打扮，那些鮮豔的衣服看了全刺眼，於是胡亂塞進衣櫃。套著多日未換洗的灰色睡衣，素顏呆坐窗邊，看雨落下，天色從灰色變成黑夜色，窗上漸漸映照出我憔悴的臉色，植的睫毛脫落了，嘴唇蒼白乾裂，黑框眼鏡後，一雙不再靈動的雙眼，像失魂。

最近的台北陰雨更甚，
整座城市，隨著你的離去而加倍黯淡。

而我總是做一個夢，夢裡是我和王宇陽的過去，
我在夢中體驗我們曾經幸福的所有。

醒來以後，我仍做著可有可無的工作，過著可有可無的日子。
睡前，翻著網路上關於「不告而別」的解釋。

——現代人的戀愛，多數不再有「告白的儀式」，而是相處契合便自然成為伴侶；那麼分開也是，心照不宣，悄然疏離。相聚與離別之間最大差別是，在一起，需要兩人同意。但分開，只需一個人單方面，即可決定。

——消失即分手。人間蒸發的人未說出口的台詞是分手二字，他們用人間蒸發作為回應。正如現代人習慣的已讀不回，不回應，亦是一種回應。

——每個蒸發的人，都並非突然之間，而是充滿過程、蓄謀已久。心冷並非一日促成，若你未曾發現，那是對方藏得好，或是，你根本從未真正體貼對方。從未真正走進他心裡。

——決定消失，是不知如何面對。不願再多說一句，多看一眼亦是浪費時間。感情已走到盡頭，任何聯繫都已是多餘。

思緒混亂的我，再次陷入沉默……

我獨自走回床上。

看了一眼舊手機的桌布，我和宇陽的合照。

那條藍色圍巾繞著我們兩人。

躺下。我仍抱著和宇陽一對的破舊手機。

手機擴音，播著同一個MP3檔案《那女孩對我說》，

聽著和宇陽的定情歌曲。

距離你離開我，已過兩年。上一次見到溫暖的你，是我們窩在你的租屋處，你捏捏我的臉頰，說了一整片我們要共同實踐的藍圖。你說你會拚盡全力給我最好的生活……

你敞開雙臂，要我安心在你懷裡取暖，將兩顆心安放，相互加熱，再嚴寒的日子，相互依存，我們便什麼都不怕。

轉眼間，那個你，我竟然再也找不到了。
你不再對我體貼，我不再是你通往幸福的方向。

而我們幸福綿長的日子裡，究竟又有什麼事情被搞錯了？
難道過去的愛都是假的嗎？愛我又怎麼會傷害我呢？
我必須查清真相。

不告而別是最殘忍的分手方式，被留下的那個人，立即陷入無盡的猜測，而永無答案。在無解的空白裡，自我否定的情緒將我淹沒。你為何而失聯？我做錯了什麼？我到底哪裡不夠好？

強烈的不安與低自尊，揮之不去的夢魘纏身。

當一個人成為你的心結
未來的每一天，即使不再聯繫
他也會像埋起來的地雷一樣
隨時有機率在你生活中爆炸……

夢魘？

自從那天在象山山頂昏倒以後，我開始連續做那個夢。

夢裡一位貌似冰冷，卻笑容燦爛的男孩，他遞給我一張紙條，紙條上寫著我的名字「高冬雨」，翻開是一句想愛護我一輩子。而我竊喜，卻不著急答應他。

後來，每日我會在上學路途，巧遇那位根本繞路而來的男孩。

後來，從不吃早餐的我，卻吃了那男孩一整年的早餐。

後來，我發現他對全世界冰冷，卻只對我笑。

後來，我們有了一首定情歌曲。

而他，是王宇陽。

夢境如此真實。

象山、定情曲、舊手機……

我們相戀的地點、象徵愛意的聲音、專屬於我們的定情信物……

意識與時間交纏錯亂，**難以置信的「連續夢」發生了**。

——每日夜晚，抱著我們一對的老式手機，單曲循環我們的定情曲《那女孩對我說》，而逐漸睡去，我總能夢見你。夢裡的你，一如青春時，珍惜我們的一點一滴。

我能再次親身經歷那一切。

在夢中重複經歷了一遍，與你相識、相戀、相伴至今的過程。

也許，這一次，重複一次，我能找到讓我們繼續下去的方法，找到你不要我的理由、找回那年我們對彼此的珍惜。

「那女孩對我說，說我保護她的夢，說這個世界，對她這樣的不多……」歌曲正單曲循環播放著……而我逐漸睡去。

那年，十五歲的王宇陽，說要愛護我，珍惜我。

那年，十五歲的高冬雨，想把一輩子的溫柔，都留給宇陽。

那年，誓言一輩子的那年。

王宇陽離開我的理由，線索必定存在於我的記憶裡，藏在我的夢境中，此刻我誓言將真相挖出來。

故事必須從頭說起。

第 二 章

那些，想一輩子惦記的事。

如果你放不下他
就下個決心好好等他
最後也許等到了
或是等久了，你終於放下了。
無論哪種結局
於你而言，都是好事吧！

夢裡。

夢境中，我身在十二年前，2010年。十五歲的我在圖書館，大長桌有許多讀書的學生，趴著睡覺的我，被手機鈴聲驚醒：「那女孩對我說，說我保護她的夢，說這個世界，對她這樣的不多……」爸爸打給我，而我忘了按靜音！急忙掛上電話，手機關機，收起來，繼續讀書。

恍神間，我看見右前方有一名陌生男孩子，我們之間，隔著一疊又一疊試卷和參考書，混亂的桌面作為掩飾，假裝讀書的我，多半時間都在偷瞄他，他是我喜歡的類型呀。我壓低長長的瀏海，掩護我的眼神，不讓他發現。

傍晚，我收拾桌面的試卷和書籍，準備離開。收拾完畢，拿起那支白色的Sony Ericsson K550i手機，靠上椅子，離去。

我發現那位右前方的男孩，我偷瞄已久的男孩，竟然抬頭看了我，眼神盯著我，毫不掩飾的大膽直視，而我不敢與他對視。

我猜想，他會不會？和我在意他一樣，也在意我很久了？

抱著書籍，手握手機，掌心出汗，餘光裡看見他的頭隨著我的步伐移動而轉動，雙眼黏在我的身上。他該不會……也喜歡我吧？

我放慢步伐，將時間走慢，我告訴自己要冷靜，卻沒辦法。我聽見身後，你推開座椅的聲音，你站了起來。你想做什麼？你想跟我要手機號碼對嗎？

我猜對了。

「同學，不好意思，手機。」你低沉的嗓音好好聽。

我瞬間不知所措，轉身向你！
閉著眼睛，對著地板大喊：0900925935
我害臊的低頭，卻大聲喊出我的電話號碼。

我已經好幾次被男生要電話了，但這是我第一次親口給出去。
給了我暗戀了一整個下午的男孩子。

「什麼？」你說。
我漸漸抬頭，高高的你身上有一股男孩子天然的氣味，你注視著我，我也凝視著你，這一刻，我們的第一次眼神接觸，我知道就是你了。

「同學，妳拿了我的手機。」你說。
我按了手機按鍵，再翻了我的書包，發現我的手機乖乖躺在書包裡。而我手中的手機，真是你的。

丟臉死了。我把手機塞在你手中，連忙逃跑！

好糗，我再也不敢去那間圖書館了。

懊悔不已，我好想回到過去，阻止這件糗事發生。

這個夜晚，我賴在床上懊悔。

手機響起《那女孩對我說》鈴聲迴盪在房間，

我隨手按下接聽。

「妳好，我叫王宇陽，被妳拿錯手機的那位，

下午來不及告訴妳我的名字，很高興認識妳。」

轉瞬間，我欣喜若狂。

我迅速冷靜下來，編了一個理由：

「嗯，喔！對，我是故意拿錯的，因為我知道你想認識我。給你

一個台階，一個理由。」

「哈哈，還真被妳發現了？我偷瞄得很小心耶！觀察妳很久了，妳都沒在認真讀書，都在聽耳機，跟睡覺。還有，好巧，妳的來電答鈴，也是《那女孩對我說》，跟我一樣，我的也是。」王宇陽在電話另一頭對我說。

這天，我們聊了起來，你懂許多知識，喜歡數學，成績優異，思維具邏輯，有理想抱負，正義耿直。感性與理性之綜合體。和普通男生不一樣。

我深深喜歡那個男孩，你和我一樣，同為生於冬日裡的孩子，各自都有高冷的外表。我生於初入冬的十一月中，第一波冷氣團剛登陸台北，你生於一月初，冬季裡最嚴寒、黑夜最漫長的時刻。

你不愛笑，卻愛對我笑。像是世上所有人只配擁有你的理性，而我，是世上唯一值得擁有你笑容的女子。如此有安全感的設定，使你異常迷人，使我異常迷戀而不自禁。

女生在愛裡之所以滿足，不過就是我喜歡的男生，對我唯一偏愛，那種對我特別偏心的感覺，就是安全感。這樣的偏心，就足以讓人死心塌地。

夢裡的十六歲生日。出門前爸爸說他最愛我了，而媽媽卻開了個玩笑，用吃醋的語調說十六年前她生了個女兒跟她爭寵，讓她十分後悔。我知道，媽媽的玩笑有一半是事實。爭寵是已發生之事實，而我應該相信，懊悔只是玩笑。

出門那一刻，爸爸第一百次叮嚀我不要交男朋友：「寶貝女兒已經是高中生了，開始會有男生跟妳示好，但是記得，上大學以前不能交男朋友。如果有人跟妳告白，先不要答應他，要先跟爸爸說喔！跟爸爸約定好的喔！要記得喔！」

我飛奔離家。爸爸的聲音遠在家門口。我回頭望，揮揮手。傘下的我，步伐雀躍於上學路途，踏、踏、踏，濺起水花，冰冷的空氣伴隨霧雨。抬頭，卻看見他，王宇陽。

宇陽些微彎下腰，雙手遞出一張紙條，
沾了雨珠的髮梢，赤紅紅的耳朵，
我噗嗤笑了一聲，而你抬頭看我，
你微醺的臉頰，在冰冷的雨裡燦爛笑著。
此刻，我看著王宇陽緊張而漲紅的臉，
我收下紙條。

夢裡。

夢裡？

我意識到我在作夢。

心裡出現一個聲音。

——我想跟妳在一起，會照顧妳，以後娶妳。

「我想跟妳在一起，會照顧妳，以後娶妳。」

我的自言自語無意間脫口而出，氣音悄悄說在嘴邊。

「什麼？」王宇陽疑惑問，像是沒聽清楚。

「沒事。」我收下字條，並立刻拆開。

【我想跟妳在一起，會照顧妳，以後娶妳。】

字條上的字跡，和我心中浮現的聲音相同。

我正在做夢，夢著與史實相符之夢境。

「娶我？話講得太快會後悔喔。小時候的戀愛，長大都會變成笑話。而且你根本就不是遵守承諾的人……而且你根本就做不到……而且……而且……」我突然意識到，我正以二十七歲的意識回覆王宇陽，這對十六歲的他不公平。

「就算沒娶妳，也要給妳一個家。」

王宇陽堅定的眼神，眼球有一層濕潤的薄膜。

像是激動到快掉眼淚？拜託不要。

記憶裡的你不是如此，你怎麼可能泛淚？

你的理性不會允許你透露過多情緒。

我才意識到……

我此刻與史實不同的回應，

正在改變夢境中，王宇陽與我的互動。

我二十七歲的意識，
正以「全知的視角」，干涉著夢裡所發生的情節。
也許，待在夢裡，便能享受你的疼愛……
也許，經歷一次與史實相符之夢境……
能讓我找回，那個說好要愛護我一輩子的你。

我得繼續夢下去。

愛裡的儀式感
跟富有或窮困沒有關係
你不用等到賺錢了
才送我一束昂貴的玫瑰
路邊摘的野花，不用錢

花終究會凋謝
但生活裡你付出的真心
我將一生惦記。

那天起，我發現，只要使用我們的定情信物——那台老舊的智障型手機，單曲循環那首我們共同的「來電答鈴」——《那女孩對我說》。漸漸睡去，我們便能在夢裡重逢。

那些日子，你家徒四壁，一無所有，卻願意為我用心；
那些日子，我從不需要昂貴的禮物，因為我擁有你的在乎。

夢裡，我活在一個有你的世界。
一個你沒有消失，你仍然珍惜著我的世界。

我擁有過肩的長髮，井然有序的衣櫃，修長而根根分明的睫毛，
和一雙愛笑的眼睛、暖烘烘的臉頰、想賴皮就嘟起的嘴唇。
我的快樂，寄託在你存在的那個世界。

那個世界，是與過往史實相符的世界，

我能重新經歷一遭，與你的相戀相惜，而我，只想沉溺其中，再也不要醒來。

夢境接續在你告白以後……

一幕一幕，上演著我們後來的相處……

不要這麼快說喜歡我。請先親口約我，然後我會拒絕，拒絕到第三次後，請勿放棄，第四次我會與你相約某一棟一百年也不會消失的建築物，作為我們第一次正式約會的回憶。

那必須是未來一輩子都能前往回味的建築物，那必須是將來我們六十歲時，也能舊地重遊的地標。

見面那天，為了能多些時間梳理慌亂的心跳，我提早五分鐘抵達，卻發現你更是提早二十分鐘抵達，以至於我慌亂無助的心跳，在初次約會的當下，來不及梳理而不知所措。

隨即，轉瞬間，你將羞澀而低頭不語的我，一把緊緊擁抱。寒冬、薄雨、外套、心跳、擁抱。體溫飆升，時間卻靜止。

我會告訴自己冷靜，別再沉溺你溫熱的胸口，得盡快將你推開，這一切不該那樣快！慌忙間遞給你一份見面禮，而你欣然收下。

你一定會欣然收下。

因為與史實不同，藏在十六歲肉身中二十七歲靈魂的我，擁有「全知視角」，二十七歲的我知道你的手機吊飾、護腕、鞋帶全是紅色。於是我將那年送你的藍色圍巾，調包成紅色，你絕對欣然收下。

果然，你收到紅色的神情，和那年收到藍色時不同。
你的眼角閃爍著喜悅，像是愛極了我送給你的第一份禮物。
我們於是有了一場完美的起點。

後來，我們牽手爬上緊鄰市區的那座小山丘——象山。手拉手散步在山林步道，步行直達頂點，坐在觀景台，雲開霧散之時，眺望一整座台北，燈火閃爍，滿眼是與你共享的夜景。

我們一對的 Sony Ericsson K550i 手機，揚聲孔播著那個 MP3 檔案《那女孩對我說》，聽著我們的定情歌曲。

躺下。空無一人的山裡，我靠著你。

我們約好了，未來每一年，都要回到這裡，看看那座 LOVE 裝置藝術，爬上象山。那是專屬於我們的「儀式感」

——提醒我們謹記最初相愛的悸動，珍惜彼此。

後來，夢境裡的日子，日復一日。

長大後的王宇陽維持著每天運動的習慣，鍛鍊了健康的體態，背心吊在他寬闊如太平洋的肩膀，線條分明的手臂，立體的鎖骨凹槽、厚實的胸膛，一百七十八公分，我總要抬頭才能仰望，看見他俐落的下顎線，和有稜角的臉頰、咀嚼肌使他相貌陽剛。

然而，反差感強烈的是，他竟有一副即使不擦防曬乳，也曬不黑的白皮囊。

上班日，起床，他拉開布衣櫃，有許多件同款白襯衫，同款的理由，只因他不想將力氣花在做多餘的選擇。進公司，他戴上一副琥珀色鏡框眼鏡，鏡片後，是一對犀利的單眼皮，唯有睏了才會變成雙眼皮。而他認真思考時會皺眉，用他指節分明的右手，輕推鏡框。如果一句話形容王宇陽，就是上班時候斯文拘謹，下班以後肌肉發達。

他有事業的野心、節儉的性格、有擔當的肩膀、說出口就使命必達的誠信、正義的君子之心。有時候，人際關係裡，他正直到不懂得迂迴，在該直率的地方，卻鑽牛角尖，迂迴起來。

而長大後的我，富養出一頭未曾染色的自然黑髮，長度及肩。也有一副比王宇陽更白皙的皮囊，害羞時自帶腮紅，不喜歡上妝，只種了幾根睫毛。我發現，我唯有在盯著宇陽的時候，眼下的臥蠶才會跑出來。

左臉頰顴骨上，近眼角處，我有一顆淺棕色的痣，我從不願遮掩它，因為王宇陽親吻我臉頰時，會幼稚到對準那顆痣，我覺得那讓我和宇陽，有一個專屬於我們，特別的親暱互動。

夢境一個接著一個。

一天再一天，數不清的日子裡，做過的夢，已然度過無數個……

我徘徊在有你的過去，再也不願清醒。

這世界很煩
但唯有賴在你身旁
我能是一個無憂無慮的小孩
將自己溫柔安放。

白天垂死在辦公室，夜晚沉溺於夢境。
夢裡，好似你從未離開。

我仍然可以無憂無慮，賴在你身旁，拚命任性，
貪得無厭，向你索討你欠我一輩子的溫柔。

醒來以後，再一次心死於沒有你的現實生活。行屍走肉晃入辦公室，失重般，坐下，渺小的身軀陷入椅墊，將心死後的灰燼，倒垃圾般灑在行政部門。空氣變成灰色。

我不只是公司的冗員，多餘的；
也是情感關係中，不被愛的那一個。

被拋棄的感受，就像是「情緒被堵上了」，因為我曾真誠與另一個生命，共享著我的生命。如今他不在了，生命共同體不見了，

他不要我了，於是，少了一半的我，便殘缺而再無法自癒。

他以離開，來否定我們過往的一切承諾。好似過去全都是個錯，而我原先的人格設定，像被全盤推翻了

——再不值得被愛了。

我將職務的每日例行公事完成，坐在行政助理的辦公座位，開始倒數牆上時鐘，嫌分針走得太慢，我下垂的頸，像是枯萎，心中累積的厭倦，好重，頸椎的骨節快要支撐不住。

我從來不喜歡這份工作，也不缺這份工作，只因為王宇陽花太多時間在工作，因此我認為我也得有點工作，打發聯繫不上他的時間。打算和王宇陽結婚後便辭掉。如今，該辭了嗎？

當未來一片迷茫，我才意識到，

原來，我的方向，始終是有你在的那個方向。

倒數，倒數，倒數，我要回到夢裡見你。我只想回家重播我們的來電答鈴《那女孩對我說》，用盡一切手段睡去，逃避現實。現在幾點了？我放著智慧型手機不用，偏要使用那支Sony Ericsson K550i老式手機，按了按鍵，看見桌布仍然是我和王宇陽的合照，它提醒著我該趕快回到夢裡。

老式手機桌面時間顯示五點整，再三十分鐘，只要再三十分鐘就能逃離這裡。嗯。空洞呆滯的眼神死盯著手上正亮著的老式手機，默念，再三十分鐘，再三十分鐘。突然，我察覺，眼前所見，似乎不太對勁……

拿起手機，再三確認。桌面照片裡，是笑容無限燦爛的兩人，我和王宇陽圍著同一條圍巾——紅色的圍巾。

不對吧？

我自顧自搖頭，用力眨了眼睛。

？

我翻著腦中海量的記憶，一頁一頁，零碎再拼湊，夢裡的事情、現實的事情，兩者像是被攪亂，融合為一，那年，那一天，我究竟送給王宇陽什麼顏色的圍巾？

記憶裡的事實是，我當年送他藍色的，我確定是藍色的，那條後來在王宇陽消失當天，被扔在租屋處垃圾桶的藍色。

然而夢中，我二十七歲的意識，肯定王宇陽喜歡紅色，因此在夢裡我改送他紅色。眼前的照片，圍巾顏色，竟和夢裡相同。

兩份記憶疊加起來，我思緒混亂，我搜出存在雲端上的照片備份，的確，照片的原始檔案是紅色的。是紅色的。現實被改變了？我需要更確切的證據。

立即，我推開辦公椅，狂奔離開辦公大樓，攔下計程車，回家翻找那條從租屋處垃圾桶撿回來的藍色圍巾。我卻再也找不到它，它曾被我帶回家，放在床邊，卻再也不存在於這世上。

它從此消失了。

又或是說……

它打從一開始，就不存在。

我開始相信一件事情

——我能在夢中回到過去，並影響現實世界的發展。

原來，一直以來，每一場夢，每一次重現歷史，都是我以未來人的視角，回到過去，幫過去的我自己，幫我們，做下每一個當下的選擇。

而我興起的念頭是，我也許能在與史實相符的夢境中，找到我和王宇陽分開的理由，並且，改善它。

沒錯。我想，我和王宇陽不會分開了。

更精確的說法是，這一次……

我絕對不會，讓王宇陽有機會跟我分開。

大人談的戀愛，是談一份決心
談一場不留退路的磨合。

如果輕易把分開當作選項
那會錯過許多一起成長的機會。

誰也不知道
再一次遍體鱗傷後
轉角會不會就是攜手到老。

我，不，會，放，棄。

這個夜晚，我計畫著如何讓求婚日的王宇陽不會消失，也思索著是否和宇陽相愛的日子裡，有我從未發現的盲點？並且，一邊釐清夢與現實間的規則……

1. 夢境是順著時間軸。
2. 觸發媒介：定情信物「Sony Ericsson K550i舊手機」。
3. 媒介二號，是必須《那女孩對我說》透過這支手機響起。
4. 並非過去我和王宇陽相處的每一天都能體驗到，唯有過去的我聽見手機響起《那女孩對我說》的日子，我才能抵達。

夜裡，我讓手機擴音播放著這首來電答鈴……
「那女孩對我說，說我保護她的夢，說這個世界，對她這樣的不多……」我漸漸睡去，並立即甦醒於夢中。

睜眼。暖暖悸動的心跳，微笑揚起的嘴角，充滿活力坐起身，手機的「起床鬧鈴」是《那女孩對我說》。按下鬧鈴，起床。

今天，是媽媽和王宇陽第一次見面的日子。

2020年11月，我們二十五歲。

也正是兩年前，你在求婚日不告而別，離開我的那一年。

智慧型手機早已流行，幾乎無人再用「智障型手機」了，而正巧，當年的我，拿出這支舊手機，回味從前，才偶然創造了這次穿越。這也代表，我能穿越的日子……不多了。

我們家座落於市中心的靜僻處，獨棟三層樓，前庭松柏長青，後院梨花滿園，別墅般的長廊、蓬勃生長的百慕達草皮，清水模石牆、四周架設防盜監視器。

史實裡的王宇陽，圍著藍色圍巾，停妥摩托車，而媽媽聽到摩托車聲，便哼了一聲，翻個白眼，說寒酸。宇陽進門，和前來應門的我與媽媽問好。

王宇陽沒有問題，有問題的是媽媽，她拿著一張字條，那是她從我抽屜搜出的「告白字條」，當年王宇陽寫給我的

——「我想跟妳在一起，會照顧妳，以後娶妳。」

記憶中，媽媽會當著宇陽的面，朗讀一遍紙條上的情話。讓宇陽羞恥至極。但，宇陽並沒有敗給媽媽的調侃，他鄭重承認：「對，這是我寫給小雨的字條，我今天就是來兌現承諾的。」

這番正面迎戰，將媽媽震懾了。媽媽調侃不成，轉而嘲諷：「好聽的話人人都會說，兩個人還年輕，日子還長，變數多著呢。用不著特別來見我，省得以後你們分手，我尷尬。」

那時的嘲諷，現在聽來，卻成預言了。

我猜想，王宇陽後來的人間蒸發，也許和媽媽不友善的態度有關。為避免重蹈覆徹，於是我算準時間點，悄悄將住家後院的庭園灑水器破壞。

在「紅色圍巾的王宇陽」抵達時，後院水管爆裂，正瘋狂噴水的慘狀，精準支開了媽媽。媽媽便在我精心設計下，錯過下馬威的第一時間。

而宇陽是那種「什麼都修得好」的人，電腦、電燈、水管、水槽、腳踏車、摩托車，宇陽都能輕鬆修復。

王宇陽進門聽見媽媽在後院鬼叫，便衝刺，先脫下外套將灑水器出水孔掩蓋，讓水柱不再往人臉噴射。立刻拯救了被灑水器噴濺，而亂髮狼狽的媽媽。

接著，當媽媽仍在心疼自己價值近萬元的美髮被弄亂的那幾秒內，宇陽已將水止住，並上網搜尋了鄰近水電行，精準告知水電師傅本次修繕所需之零件，預約了師傅稍後前來。

對的，聰明的王宇陽，很擅長解決問題。

工作上，生活上，他能不帶情緒，專注於把事件解決。

驚慌失措的媽媽還來不及思考，災難便已被王宇陽迅速平息。媽媽於是驚訝到忘了她的眼妝不防水，此刻像鬼，震驚看了我一眼，合不攏嘴的神情。我就知道，事情成了。

公主遇見令人驚慌的事件，男人拯救般的出現。像媽媽這樣「注重感覺的人」，第一眼最重要，她認可宇陽了，只要感覺對了，未來即使犯錯也能被給予極大值的容忍，做什麼都對。

並且我替宇陽準備了媽媽喜歡的伴手禮。像她這種早已習慣享受老公寵溺的女人，只是喜歡任何人都多重視她一點而已。

媽媽的個性很容易被誤會，我也誤會了她二十多年。她對在乎的事情，標準很高，高到令人感覺刻薄，言語也經常一針見血；她有自己認定的價值觀，且施加她的觀念在親近的人身上，讓人備感壓力。

因此不理解她的人，只會一股勁的受傷、受挫。其實，她高傲，但不壞；只要懂得順著她，經營一種以她為中心的氣氛，那麼，世界和平。

於是，紅色圍巾的王宇陽，和媽媽有了完美的初次印象。

親近的人，會知道彼此的痛或傷

有些伴侶，明知道做某些事、說某些話
會讓你受傷、不舒服，卻仍然做了。
明知道某些玩笑你開不起
明知你的痛點是什麼，卻還是踩下去

越是親近，應該越自然的尊重對方
不要把尊重都留給陌生人或同事
把不禮貌的自己，丟給親近的人。

其實，在我原先的未來，媽媽並不看好我跟宇陽，當她從爸爸口中得知女兒戀愛時，多的是負面情緒，因為爸爸已經先和王宇陽私下碰過面。好幾年，爸爸與我，兩人共享這個祕密。媽媽生氣的是：「為什麼我女兒的事，我又是最後一個知道？」

慈父嚴母，我當然只敢先跟爸講。

而且，像爸這麼棒的男性，是我挑選伴侶的標準值。

爸爸說媽媽很溫柔，但我們都知道，媽媽的溫柔是選擇性的，她會對爸爸撒嬌，因為她知道她的撒嬌可以換來爸爸的好心情，她說那些撒嬌叫做「經營關係」。

但媽媽除了經營跟爸爸的關係，對爸爸以外的人，都相對苛薄，她告訴過我：**「溫柔是很珍貴的能力，妳如果想對所有人溫柔，就是辛苦自己；所以妳的溫柔，一輩子只要給一個人就夠了。」**

她很務實，也很靈活，面對不同人，有不同的面具。面對我時，爸爸給我無限寵溺，而媽媽戴上的面具，是「嚴格的母親」。

她總是單方面灌輸我她的高標準、她認為的好，而鮮少聆聽我究竟需要什麼、嚮往什麼，漸漸的，久未開口的我，便不再把自我實現當一回事，連我自己，也不曉得我是什麼、我要什麼了。

只記得在我被媽媽潑盡冷水後，垂頭喪氣時，是王宇陽摸摸我的頭說，每個人身上，都藏有別人不曉得的寶藏，只有自己知道寶藏在哪，那份寶藏，要靠自己找出來。

宇陽對我說：

「想做一件事情，悄悄準備好，就立刻去做，
暫時遠離潑冷水的人，否則被潑三次，你大概也不會想做了。
不要再去跟別人交代自己，
不要在觀念不同的人身上尋找認同，
只要確定方向是對的，並做好能力範圍內可掌控的部分，
不要去掌控別人，好好掌控自己和自己的時間。」

曾經，是王宇陽如此鼓勵著我，而我也在宇陽身邊，一點一點慢慢修復受傷的自己。一天一天，越是相處，越清楚我非他不可。

曾經，那些值得珍惜的曾經。

他給過我的溫暖，值得我翻山越嶺，也要將他找回來。

一天結束，平靜而無波瀾。媽媽已把王宇陽當作英雄來崇拜。普通人來家裡作客，喝的是水；朋友前來，喝的是茶；被重視的人，則會獲得手沖咖啡。

王宇陽此刻正品嚐手沖咖啡，他根本不知道其實他原本只有喝水的資格。而媽媽正在雕刻一份華麗的水果拼盤，空氣中飄散烘烤鹽可頌的香氣。

我驚呆了。傻愣著看向王宇陽，他啜飲咖啡，看手機裡股價的漲跌及財經新聞，閱讀一篇英文報導，主題是虛擬貨幣，各國政府對虛擬貨幣的支持度分析。他不曉得，獲得吃鹽可頌的資格，絕對比股價大漲更值得大肆慶祝。

唯有媽媽真心認可的人，才能獲此殊榮——手作鹽可頌及雕刻水果拼盤，這是重要紀念日才會出手的呀！王宇陽抬頭，正好和媽媽對到眼，媽媽向他輕眨右眼，而宇陽回予一臉燦笑。我心中驚呼，王宇陽，不只我要你，我媽也要定你了！

一步一步安排，
我會漸漸把你找回來。

緊抓不放的理由，
只因我相信，你也同樣珍惜我。

你曾為我默默付出很久，
而現在，換我為你默默付出。

按照記憶，再過不久，會接到爸爸電話，告知我們他的出差要晚一天才能回來，而媽媽會安排王宇陽睡在我家客房。

睡前，熄了燈的客廳，剩下小桌燈輕輕照亮我們的臉頰，我泡了杯舒眠茶給你喝，這會是我們未來婚後的日常吧？想像著。笑了。而你問我：**「妳覺得跟我交往後，日子有變得更好嗎？」**

「嗯？」突然來的問題，我一時沒有反應過來。

你接著問：**「跟我在一起後，有變得更開心嗎？」**

「有，這還用問嗎。每天都很開心，只有窩在你身邊，我才能當一個無憂無慮的小孩。撒嬌啊、哭啊，自然展現情緒，你都不會討厭我。而且你常常給我信心，為我鼓勵……可是……」

沒有可是。他是過去的王宇陽，他沒有丟下我。

話說到嘴邊，先吞回去。

「跟妳在一起，我也很開心喔。」

熄掉最後一盞燈前，王宇陽這麼說。

離開夢境前，我特別為「二十五歲的我」，用老式手機設定了起床鬧鈴，以確保明天我能再一次穿越回來這個身體裡。

我得先回到未來，確定是否因為改變了媽媽跟宇陽的初次印象，而改變了未來。我期待，能醒在一個有王宇陽的未來。

有個人默默為你付出很久
別讓他，為你犧牲太久
愛之於人的意義，是相互支持呀。

當我醒在現代的那一刻，腦海裡，瞬間被硬塞進媽媽和王宇陽感情很好的記憶。這些兩人相處融洽的記憶，和媽媽先前不喜歡王宇陽的記憶重疊。因新舊記憶相疊加，我有些混亂。

睜眼，看向四周，未來並未改變。短髮毛躁的我，脫落的睫毛，乾裂的雙唇，粗糙未保養的皮囊。王宇陽的手機未開機，臉書仍然消失。

近中午，我下樓，站在中島廚房做菜，一如往常，從頭到尾被媽媽批評指教，其實我自認做得很好，只是她總是要求我更好。

當我在意的人，對我過度要求、嚴格評價我，我就漸漸失去自信，再怎麼努力，也配不上妳的一句讚美。通常，當所有人都說我做菜好吃，妳挑剔擺盤不夠美麗；當我做了好吃的甜點，妳說要我注意身材；每當我開心，妳永遠掃興。

我原先熱愛的事，在妳的高標準面前，變成一份壓力。

準備午餐的期間，我試探性詢問媽媽她喜不喜歡宇陽？

媽媽說要我務必用心挽回宇陽。然後順便碎念我性格有問題，要我改，不然全世界沒有男人會要我。

「高冬雨妳個性不要那麼強硬。小陽的性格本質很好，專情、生活單純、對事業有想法，男人本來就會有一些大男人或固執的地方，妳就讓讓他。女生就要溫柔，妳要學媽媽的馭夫術，撒撒嬌，讓男人知道回家後是愉快的、氣氛是好的，男人就會想回家。」媽媽又要開始狂唸了……

我只要不回話，媽媽的碎念通常自然會停止。

於是我閉嘴忍受媽媽的碎念砲擊……

刀子嘴豆腐心，愛之深，責之切，我必須這樣理解她。

「高冬雨妳是我女兒但怎麼一點也不像我？我跟妳爸爸講話的時候，一定使用『魔法用語』：寶貝，喔，嘛，啦。」

「這個祕訣的使用方法，就是女人要把對男人說的每一句話，尾端加上：寶貝喔嘛啦。媽媽今天就跟妳舉例，手把手教妳成為男人愛不釋手的女人：

去幫我倒水。

↓寶貝，幫我倒水嘛～～

你去哪？怎麼又這麼晚回家？不會說一聲嗎？

↓寶貝今天很忙喔～～下次加班提前跟我說一聲好不好嘛～～

電話是不會接嗎？

↓寶貝接我電話啦～～」

「來，女兒妳跟媽媽一起講一次。來，講幫我倒水嘛～～」

「喔，幫我倒水。」我說完，直接飛奔躲回房間。

我才不信魔法用語。我只相信愛。

你愛我時，
我的任性，
全被翻譯成可愛的撒嬌。

當你不愛我了，
我再如何賣力撒嬌，
都成了傲慢至極的鬼叫。

而經過這次實驗，我得到幾個結論：

媽媽很喜歡王宇陽，但王宇陽仍然從我生命中消失了。

這個晚上，我在筆記本上寫了：

5. **當穿越者改變過去，穿越者會同時擁有新舊兩者的記憶，而被改變的人，只會擁有改變後的記憶。**

聽著音樂，再次進入夢境。

這次，我如願醒在爸爸出差回來的這一天。

司機推開家門，放下行李，爸爸隨後走進門，逆著晨光現身，身上淡雅斯文的香氣緊跟在後，粗框眼鏡架在硬挺的鼻梁，剃短的兩側頭髮，整齊的七三分油頭；他定義自己，即使步入中老年，容貌不再，帥氣度流失，但氣質與眼界會加深，要當個有品味的中年男子。

媽媽接住爸爸卸下的深藍色西裝外套。爸爸遞給我一瓶我期待已久的昂貴香水，並關心我的零用錢夠不夠用。最後，爸爸向宇陽伸出右手，白襯衫的袖口褪開，無意間露出一只昂貴的機械名錶。

宇陽也伸出手，握向爸爸。宇陽手腕上，一只便宜的黑色電子錶，和爸爸的手腕對比鮮明。但宇陽的握力與自信，氣場得體。即使輸了裝備，氣勢卻絲毫未減。

爸爸和宇陽已有私交數年，私下經常分享彼此對金融趨勢的看法，畢業那年，爸爸甚至要宇陽去爸爸公司上班，但王宇陽婉拒，他說他要應徵虛擬貨幣公司。

王宇陽的拒絕沒有觸怒爸爸，反而讓爸爸眼睛為之一亮，爸爸賞識宇陽的人格——從不仰仗他人，而是靠自己計畫性的努力。

我眼看爸爸和王宇陽四目相交，堅定凝視彼此，兩個男人對看時，眼神間，各自釋出滿滿的善意……
我嗅到了化學反應——他們，欣賞彼此。
我才突然想起，我可能會需要擔心的，就在後頭……

伴侶
是我們這輩子
誓言唯一一位
沒有血緣的親人
既然是親人
又為何要分開呢？

你和我爸關係親暱，我們就像極了真正的一家人。

記憶裡，舊版本的故事中，爸爸和宇陽如老朋友般敘舊，一聊，就瞬間聊進他倆的金融世界，而我和媽媽在不遠處的中島式廚房準備下午茶與點心，後來，爸爸帶著宇陽走進書房。

他們在書房暢談許久，在下午茶準備好以後，媽媽也不准我進書房打擾他們男人間的對話。媽媽說，一個稱職的妻子不可以干涉男人享受事業野心的交流。

後來我問了王宇陽和爸聊了什麼，他們異口同聲說了四個字：「商業機密」。機密？說完後，他們互相看了彼此，為對方的默契感到愉快，便雙雙燦笑了起來。

嗯，這很可疑吧？有什麼不能說的呢？

這份默契又是怎麼一回事？

他們從書房出來以後，便如兄弟般勾肩搭背，親密程度短時間內高速加乘。為什麼？他們究竟在書房裡，背著我做了什麼不可言說之事？

那樣的情緒，我沒讀錯，兩人像是解放了什麼。像是壓抑許久的某部分，在那書房的短短時間內，解放了？

於是兩人敞開了內心，神態與情感都變得放鬆。兩人的互動中，肢體接觸點也增加了。

他們凝望彼此的眼神，極為溫暖，爸爸的眼神裡濕潤而富有情感，王宇陽臉上的微笑，淡淡的，有種難以言喻的情緒交纏？

坐下時，爸和宇陽在雙人沙發繼續促膝長談，而我一人孤坐單人沙發，插不上話。後來，宇陽拿出手機，和爸爸分享貨幣交易所的操作介面，以及他近一個月以來，進出場的盈餘、漲跌等數據分析。

一支手機螢幕那樣小，爸爸和宇陽臉頰貼得好近……

那是一種——能呼吸到對方鼻息的距離。

宇陽解說時，不時看向爸爸的眼睛，爸爸也毫不排斥的凝視回去，此親密程度，我未曾見過。王宇陽不曾對人如此親切。

宇陽個子已算高，爸爸卻仍比他高半顆頭，爸爸摟著宇陽時，宇陽像極了小鳥依人，如……戀人般……？咦，我想錯了嗎？

「爸～～」王宇陽竟然如此稱呼我爸爸。對話間，爸爸直呼他「陽陽」。這般親暱之稱呼，我以為只發生在我與男友之間。

客廳的氣氛，瀰漫一股相知相惜之氣息。
女友的爸爸……那樣的距離……
我該朝「那個方向」擔心嗎？

事業有成的成熟大叔，摟著一位事業剛起步、熱血方剛的少年。
少年的肩膀，緊密貼合著大叔的胸膛。蹭啊蹭，兩塊布料交織。
薄而挺的襯衫蒸散著體溫，兩人溫度相融，交互加熱。

何種深度交流，會使男人們親暱至此？
他們的機密又會是什麼？

這世上，我最珍惜的兩個男人……
窩在書房裡，單獨相處的時光，究竟解放了什麼？

當時的我，純粹認為，男友和爸爸親如父子，令我非常開心。

但，現在回頭想，氣氛與現象，卻有了另一層解讀。

宇陽，究竟對爸爸做了什麼？

有沒有一個人
你知道即使你再爛再差
他也會不離不棄
始終陪伴你？

我的爸爸，是會要求我未成年不能談戀愛的那種爸爸；他的占有慾很強、保護慾很強，家裡兩個女人，就是他的全世界。

從小，走在路上他一定讓我和媽媽靠走道內側，而他靠車道；週末逛市場，爸爸捨不得媽媽提重物，會理所當然拎起來。

我也常聽見爸爸主動向媽媽告知工作上碰見的哪些女性，而且，他會和她們劃清界線。爸爸知道如此能使媽媽安心。

媽媽會留意我身邊出現的男同學，向爸爸報告，他們也關心我的手機在跟誰訊息、規定回家門禁時間。漸漸長大以後，我開始反彈爸媽對我的關心，他們讓我感到不自由，於是我對家人漸漸冷漠。

高中時，我經常關在房間念書，準備大學升學考試。

那陣子極疲倦，壓力巨大，我情緒不好，對家人失去耐性。不曉得為什麼，回到家只要有人和我說話，我就不自覺發火。

我告訴爸媽，我忙的時候，不喜歡被打擾，不要敲我房門。那一扇房門，變成分界線，在房間裡，我過獨自的生活。房間外的事情，我一概不參與，我只希望誰都別煩我。

那一整年，我們雖生活於同一戶房子，卻時常一整日未見面。

如此距離，家變得安靜。我擁有私人空間，卻和父母漸漸陌生起來。

某個晚上，忘了買宵夜的我。傳了訊息要爸爸回家路上幫我買一條巧克力，看見爸爸回了一聲「好」。但因為在讀書，訊息我沒有點開。

後來，一不小心讀到深夜，完全忘了巧克力的事。走出房門喝水，發現全家都已熄燈。關門時，卻突然看見門把上掛了一大袋巧克力，那大約是足夠全班同學一起吃的份量。

我看了一眼爸媽房門，門縫裡是暗的，應該是睡了。於是我沒想打擾爸媽，只傳了一則訊息問爸爸，怎麼買這麼多？

卻聽到門縫後，手機響起一則訊息聲，是爸爸的手機鈴聲。我記得，他平時都是靜音或震動，因事業繁忙，會議時不希望被打擾。我想起這是我生平第一次聽見爸爸手機鈴響。

訊息馬上被已讀了，爸爸說：「不曉得妳喜歡哪一種，看妳沒讀訊息，應該在忙，不想吵到妳讀書，所以架上每一款都買了。有喜歡的嗎？不喜歡的話，爸爸明早換一家。」

我站在漆黑的家裡，聽見門縫後面，媽媽問爸爸：「老公怎麼不睡？身體不舒服就趕快睡，明天一早幫你去診所掛號。」

爸爸還沒睡？黑暗的門縫後，傳出爸爸咳嗽的聲音，爸爸年紀大了，卻在深夜一收到訊息，就馬上回覆。不顧自己睡眠品質，只惦記著女兒有沒有吃到喜歡的宵夜。

原來，那些親人對我們的擔憂、掛心、妥協與體諒，都存在於日常中，因為日日可見，它們變得普通，而不被珍惜。

有人說，付出太多，付出就不珍貴了。

但人與人之間，相處越久，應該越珍惜對方，

愛，該是隨著時間而疊加，付出越多，越珍貴的。

記得小時候，偷談戀愛，失戀了，躲房裡哭。那個男同學跑來鬧，要跟我復合，但因為他劈腿，我這輩子都不想見到他。

幾個月後，我情緒較穩定了，那個男同學也不再出現了。某天，碰巧手機故障，跟爸爸借手機來用。無意間看見，爸爸竟然曾傳訊息給我前男友……

——雖然你跟我女兒沒緣分走下去，但還是謝謝你讓她上了一課，這個年紀受的傷，都會在長大之後變成養分。你若現在好聚好散，你做的壞事我就不會追究。好自為之。

我當下很錯愕，認為爸爸干涉太多。卻在長大以後，才發現爸爸有多愛惜我，多心痛自己最疼愛的女兒受傷。而那則訊息，是在捍衛我啊……

後來我問爸爸，為什麼總是說不讓我現在談戀愛？

爸爸才語重心長說了實話：

「爸爸是捨不得妳受傷……

不想讓妳太早知道，愛情也有很多的不美好。」

那份「禁止早戀」的限制，剝奪了我的自由，

卻是爸爸對我最真心的愛啊……

此刻我領悟了，愛，原來是關於束縛。

我們，長大的過程，會想交朋友、談戀愛、賺錢，花大把時間去向世界爭取自己所想要的。卻疏忽了，生命中，最珍貴的事物，我們早已擁有，而且，就在身邊。

才明白，我嚮往的、我所愛之人的模樣，是如同爸爸的模樣；我是爸爸最疼愛的人。我願我所愛之人，能被爸爸認可。

然而，究竟宇陽跟爸爸在書房裡聊了什麼？這一次穿越，我不顧媽媽阻止，將耳朵貼著書房門，偷聽著房內發生的事。

隔著一扇門，房內有紙張摩擦的聲音、桌面物品正被移動的聲音、筆放下的清脆聲響，而後一聲輕咳、啜飲聲、杯子放下時敲擊了桌面等，卻遲遲無人開口。

我認為，這段祕密談話，極有可能存在關鍵性的線索，那個溫暖的王宇陽，從我人生裡消失的理由，必定就在其中。

所謂成熟大人的愛情
就是允許你在乎的人
每天擁有一段
與你無關的時間

我快要按捺不住。

即使我知道，一個成熟的大人，不該把伴侶逼太緊，就該允許伴侶，能擁有與我無關的時光，但我偏偏就想介入。

我耳貼房門，房門後爸爸問我男友：「我就直接問了，你現在年收入多少？未來，你理想的年收入又是多少？你要怎麼達到？」

我心想完蛋了，我的愛情果然是被爸爸搞砸的。誰會願意承受如此巨大的壓力？而且，這些問題，多侵犯個人隱私啊……

王宇陽沉默許久。

桌面雜物被移動的聲音仍持續著。

後來，王宇陽開口了，說他這幾年打工和投資，攢了一筆本金，他再說了一口流利的商務策略，如何進入市場、如何獲利，又該在什麼時刻止損與止盈。言談間，畫了一張區塊鏈在台灣將展開的藍圖，像一場二十分鐘的商務簡報。

王宇陽報告事業規劃時的自信與口條，令我深深崇拜著。

而且，他也畫了一張，屬於我們的藍圖：

「小雨她身體不好，容易過敏、常身體不適，我很努力拚事業，就為了給她吃穿用，都是最好的。讓她安心過喜歡的日子做喜歡的事。」

換爸爸沉默許久。兩人間無對話，僅剩桌面物品被移動的聲響。

桌上茶杯被拾起再放下，啜飲聲，嘆息聲……

後來爸爸開口了：「感情很難一輩子，盡力就好。我幫你吧！是為了小雨，也是回報你的心意，你既然決定了，就去做吧。」

耳朵貼著門的我，悄悄掉下眼淚，原來祕密對話裡，言談間的每一字一句，都圍繞著我，爸爸再三確認著眼前的男孩，是否能照顧好我。爸爸的一字一句，都惦記著我……

而那個門後面的男孩，也不斷證明著他就是要我的決心。

擦擦眼淚，我感受到滿滿的愛。

宇陽沒說話，讓爸爸繼續講：**「還有些日子，未來也許會吵架、會互不相讓，也可能發現對方不如自己所想，但無論如何，記得對方曾經的好啊，只要記得一點點曾經的溫暖，就值得再撐一下，也許，不遠處，下個轉角，就是一輩子了。」**

「不放手，就都還有機會。我明白了，謝謝爸。」

王宇陽的口吻嚴肅，隔著一扇門，我都能想像他是正襟危坐。

「謝什麼，外人才說謝。」爸爸說。

「爸，我一定盡力給小雨最好的生活。」宇陽散發一股正氣。

門外的我聽得好感動，衣袖拭淚。好開心生命裡遇見兩個如此珍愛我的男子，此刻，我是最幸福的呀……

「你是媽媽一個人帶大的啊？」爸爸問了宇陽。

「嗯，我對我爸沒印象，聽說我剛出生就離婚了。」宇陽答。

換話題了？爸爸怎麼知道宇陽是媽媽獨自帶大的？連我都不曉得的事。而且宇陽最討厭聊家人的事，每次提及，他都逃避。

「你是辛苦的孩子啊……來來，過來。」爸爸要宇陽過去。

為了阻止爸爸繼續撥動王宇陽心中的刺，我趕緊推開門，卻看見

爸爸擁抱著宇陽，宇陽像個孩子，將身體放心倚靠在爸爸身上。爸爸的右手輕輕拍打宇陽的背，像在告訴宇陽

——這一路上，辛苦你了，你很棒了，你做得很好了。

「不要擔心，你會是一個很棒的大人啊。」爸爸對宇陽說。

「嗯。」宇陽在爸爸懷裡，小聲回答。

而我也趕緊衝向前，投入爸爸的懷抱。爸爸大大的雙臂，抱著宇陽和我，我們都是爸爸的孩子，爸爸像一棵大樹，照顧著我們。謝謝爸爸，我們好愛你。

這天，我們窩在爸爸溫暖的胸口，好久好久。

「宇陽你是在哭嗎？」爸爸鬆開手以後，我問了你。

「沒有，沒什麼好哭的吧。」你解釋。

但你的雙眼，正覆著一層濕潤薄透的膜，隨你視線而閃爍，
倔強的你，沒讓眼淚落下，只含在眼角，
那是一汪溫暖而幸福的淚水吧！

看著桌上，一本我沒見過的書，亮藍色的封面，四個大字寫著《藍海策略》，底下壓著幾張紙。我伸手要拿……

「陽陽啊，這本書借給我吧。」爸爸擋在我身前。爸爸向王宇陽借閱這本書，而連同底下的紙張一起收了起來。我向爸爸討要，但他說商業書籍，妳不會有興趣。而我作罷。

吃完午飯後，爸爸胃痛的老毛病又犯了。我陪爸回了房間，備齊胃藥和一杯溫水。爸說他沒事，想待在房裡看書，要我先出去陪宇陽。

「這本《藍海策略》我讀完以後，妳幫我還給陽陽吧。」

坐在床邊的我，回答一聲好。

其實有件事我想問，才徘徊在爸房裡那麼久：

「爸，為什麼你要對我男朋友這麼好？」

爸爸說：

「世上每個父母，疼愛子女的心意都是一樣的，我也希望，女兒嫁了以後，公婆能對妳好啊……」

房內靜默。

靜看爸爸白了的髮梢，笑起來皺了的眼角。

無法言喻的感謝，化作淚水落下。

原來，父母的任何綢繆，都牽掛著子女的幸福。

我們應該從喜歡裡，去獲得能量
而我，卻花光了力氣，只為了喜歡你。

再次甦醒於2022年的現在，我的世界毫無任何改變。我擁有的，是一位不知為何理由而拋下我的男友，與一段失去方向的人生。

直到深夜，我再一次從夢境裡回到兩年前，日期是2020年11月10日，你拋棄我前，我們最後的相處，地點是你的租屋處——史實裡，我們的最後一次碰面。

「高冬雨，妳在寫什麼，我看……」

書桌旁，賴在床上瞌睡的男朋友喊了我的名字，嚷嚷著想看，卻在講完後睡去，聽著他的打呼聲，我未停筆，繼續書寫……

寫於2020年11月10日的日記

日記？它更像是我的心願。

日記篇名：**【我想嫁得像她一樣】**

桌上「智障型手機」Sony Ericsson K550i，珍珠白的機身已破舊不堪，它正播放著我們的定情曲《那女孩對我說》，歌聲縈繞正寫日記的我，及身旁正在午睡的你。而我……

在你睡著了的手臂上，
畫上一朵下雨的雲，與一顆太陽，
筆尖將你刺醒。

我來自未來的意識告訴我自己，我不能再拖延下去，我不要等你一週後的求婚了，我要現在、立刻、確認你對我的承諾。

我馬上告訴你：「王宇陽，不論你現在窮苦，不論我們有再多現實的艱難，我都願意和你一起度過。」
剛醒的你，摘下耳機，恍惚看著我：「怎麼會說這些，寶貝？」

「我沒怎麼，王宇陽，任何事我都不怕，就怕你不要我了。」

我嚶嚶嚶的抱住了王宇陽。

你也緊緊抱住我：「這兩年工作忙，往上爬的時機就在眼前，不得不顧著工作，常常忽略了妳，對不起啊……」

沉默許久，窩在宇陽懷抱裡，我開口說了心願：

「我想……就讓我嫁給你吧。」竟是我向王宇陽求的婚。

「嗯。」你只嗯了一聲。

「嗯是什麼意思？」我問。

「嗯，沒有……我的意思是，好，如果這是妳希望的。」

王宇陽說的好，在敏感的我聽來，根本就是不好。

「你為什麼猶豫？為什麼回答得不乾脆？」

我問完以後，你卻沉默……安靜的空氣過了很久，這份靜默，每秒疊加著我的恐懼，是何種無比晦暗的心魔，使你喪失光芒？

「你要是不想結婚，你可以跟我說啊。你為什麼不和我說清楚，要讓我一直等你？我只要跟你在一起，我就什麼都不怕，如果你真不想結婚，你要我跟你談一輩子的戀愛，我也願意，就怕你什麼都沒想清楚，根本不知道自己要什麼……」

我將我的所有恐懼都說了出口。

我可以不在乎我們是什麼形式，

最重要的是我們在一起……心也在一起……

而你仍舊沉默，我再問：

「你到底要不要我？你有什麼事沒有告訴我？」

宇陽靜靜地不說話，時間彷彿越走越慢，我越來越焦慮，好怕他就這樣消失離開。不知道過了多久，彷彿下定決心似的，宇陽終於開口：**「我猶豫的是……我並不偉大，我也會害怕，怕我不是能給妳幸福的人，我想讓妳過好日子，但我也許沒法負責妳的一輩子。」**

你對我坦承了你的過去……

王宇陽娓娓道來……

從小，我爸媽就分開了，離婚以後，媽媽沒有再婚，帶著我工作與生活。也因為帶著孩子，許多工廠不允許，她便做家庭代工，養活我們母子倆……我媽是那種從來不打扮自己的媽媽，一件衣服破了，縫補再穿，頭髮總是往後梳，紮上一個髮髻，身上沒有任何飾品，她把食物囤在冰箱捨不得吃，想著留給我吃。

她的日子圍繞著我，兒時，我的世界也只有她。
漸漸我長大了，才意識到我承受著媽媽百分之百的關注，她給的愛，是她沒有我就活不下去。她只有我一個兒子，她把對伴侶的愛、對孩子的愛、對她自己的愛，全給了我。

後來，我發現我承受不了如此專注的愛。
這很矛盾，我並非不愛她，這輩子除了妳以外，最珍惜的就是她。只是我偏偏很抗拒她，她那種全神貫注的愛，令我窒息，我就想逃，想呼吸，想要自由……
我愛她，卻一刻也不想待在她身邊！

我抗拒她把她全部的生命，都寄託在我身上。
我明明愛著她，卻不希望她過頭的愛我……

忘記從何時開始，我開始討厭她對我付出，

那些關於愛的事情，全變成了束縛，我快要窒息。
光是待在同一個空間，她對我說一句：陽陽啊，天氣冷，多穿件外套。都令我感到暴躁、忍不住吼回去！
我竟反感著她對我的關愛，
如此情緒化的自己，連我也感到陌生。

後來，我每一次見到她，我就沒有好口氣，她越是對我好，我越是生氣。她的付出，令我感到負擔、壓力，和一股沉重……

直到多年以後，我才發現，我討厭的不是媽媽，
我討厭的是——那個對她的愛無以回報的自己。

她越為我付出，我越恨自己的無能為力，越想將她推開。
心裡大喊著，拜託妳，把愛分給別人，我受不了了！

直到我再也無法多承受一丁點。

於是，我逃了。

以上大學的名義離家了。可就算離她遠遠的，我卻一刻也無法感到自由！我只要一想到，她苦苦在家鄉慢慢變老，被她養大的我，卻一點用處也沒有，我就內心充滿愧疚，我虧欠她的一生，卻無法回報任何。

我好疑惑，為何我的人生，出生就註定與另一個生命牽絆？我不能瀟灑、不能輕鬆，得要背負著另一個人託付給我的愛。她為我負重前行，我難道也得犧牲我整個人生來償還？

我不甘願就此被情感的羈絆綁架；

我的自由，不該被任何人以愛之名束縛著。

我天真以為我想的都對。
躲著，躲著，三年未見。
某天接到一通陌生電話告知我，媽媽生病過世了。
我才知道她早已病了多年，卻忍痛不看病，說看病浪費錢，說省下看病的錢可以讓我在台北多吃好多餐，所以她省。
我好痛恨自己，怎麼來不及成為社會上有錢的人？怎麼連自己究竟為何抗拒媽媽的愛都還想不透，媽媽就先走了？

喪禮結束後，那個農曆新年，我獨自躺在床上，整理賀年訊息未讀的訊息裡，竟翻到一則媽媽在世時，傳來的訊息
——**媽媽希望你幸福，有人愛你。媽媽也愛你。**
她視力已模糊，卻仍敲下手機按鍵傳訊息給我。

她用生命換我成為一個大人，
我卻覺得自己慚愧到不配為人。

路還長
溫柔的事還會發生
只願全心全意
不負此生相遇

聽著王宇陽說心中最悲痛的故事，同樣無能為力的我，只能默默掉眼淚，並拉著他的手。

「宇陽，你的任何恐懼，我都會陪伴你度過……」

「小雨，我很珍惜妳，但我……」

我立刻打斷王宇陽，我說：

「求婚又不是馬上要結婚，我們先同居吧，你慢慢適應。」

王宇陽破涕為笑，再次抱緊我：「嗯，我們住在一起吧。」

「小雨，問妳，跟我交往後，生活有變得更好嗎？」

你抱著我，在我耳邊說。

「嗯，有你在，都很好。」我答。

「**跟我在一起後，有變得更開心嗎？**」你再問。

「有你在，就很開心了。謝謝你。」

我心想，你總想確認我過得好，你是真心想對我好啊……

「我們要加油，我會更努力的。」你說。
聽起來，你徹底打消了丟掉我的念頭。

反覆穿越的日子到此，
我想我解答了命運安排我回到過去的理由，
我想我破關了。

這就是王宇陽心中的痛，我願意理解的；
版本一的人生中，你拋下我的理由，並非不愛我
——你消失的理由，是不願面對心中的痛。

你並非不愛我，並非真想丟下我，你只是如當年離開家鄉一樣，
對媽媽難以回報而選擇逃離，你只是尚未想清楚而已。

如今，我們有了正式的承諾。

睡前，我期待著，我將醒在一個完美的未來。

版本二的人生裡，你沒去刺青，你沒拋下我。

你和我說了心事，我們有了婚約，我們決定同居。

未來，將要改變，屬於我們的幸福即將到來。

夜晚，我留宿王宇陽的租屋處，小小單人床上，毯子讓我冒出過敏疹子，一躺下，又忍不住打了噴嚏，但我毫不在意。因為，不管在什麼樣的環境裡，我還有你呀。

我不忘戴上耳機，以防萬一還有需要回來。

蟄伏在王宇陽懷抱裡的我，

滯留在 2020 年的我，

在期盼裡漸漸睡去。

稍後，我將醒在一個「有你的未來」。

……

……

醒在2022。

未來，已被改變。

未睜眼的我，先打了個寒顫，
身軀像被重物壓制著，難以動彈……
手指尖摸到冰磚般的觸感，是地磚？
腳趾卻已毫無知覺。

我在哪裡？
為何氣息微弱到……失去睜開雙眼的力氣？

髮絲的厚重感，像吸滿水分般，
臉頰正被水滴打擊著，
下手臂傳來陣陣刺痛，
身體凍結，已然失溫。

但，為什麼我不在家裡？
為什麼我躺在頂樓上？

突然，我如喪屍般猛然睜大雙眼，
張大的雙嘴，下顎拉長到牙齦撐開來，
身形扭曲的我仰躺之姿，
喉嚨抖動，喊出一聲悲悽的喊叫
——慘烈的尖叫，劃破黑夜。

赤腳的我，躺在一整片血泊中。

長髮糾纏於地上血水，長耳環垂落在磁磚上，抬起左手，粉櫻色的美甲，指緣縫隙淤積鮮紅血漬。
手中緊握的智慧型手機，螢幕碎裂，碎片扎針般刺進手掌，裂痕後的螢幕顯示 2022 年。

渾身染血，用殘軀敗體的最後力氣，
對著眼前漸暗的冬夜，驚聲尖叫著。

尖叫劃破雨夜後，便僅剩雨滴落在血泊的滴答聲，
我亂髮仰躺，眼球突出，死盯著眼前無盡灰暗的天空……

我沒有剪去長髮，且妝扮細緻……
看起來，被改變的未來裡，我的生活似乎過得還不錯？
未來被改變了……

我們，怎麼了？

第 三 章

那些，不該被想起的事。

有些人的愛，會隨時間而疊加
時間越久，愛越多，越是加倍珍惜。

而有的人，則是得到越多愛
愛就不再珍貴
因為，愛已供過於求。

如果一樣東西，四處都有
它便失去價值。

狂暴的雨水不斷打在身上，突然頭腦一陣刺痛，求婚後兩年的記憶像瞬間壓縮一樣，被擠進腦子裡……躺在頂樓血泊裡的我，漸漸明白「做了這項決定後的我們」發生了什麼事……

求婚以後，我們開始同居，你的事業正逢攀爬巔峰之階段。加密貨幣在台灣廣為流行，而第一批進入區塊鏈市場的工作者，幾乎都攢了一筆財產。任職於交易平台的你，嚐了甜頭，進而更堅定的，使勁於這座藍海扎根。

這兩年來，每週都有幾次，一整天會突然聯繫不上你；你說工作很忙，所以晚回家，或直接睡在飯店不回家。

你經常回家後到廁所裡嘔吐，你說是喝酒。
你的情緒起伏異常，你說是工作壓力大。
好不容易有時間和你聊天，你卻說頭痛，睡一下就好。

每一次你不回家，我就會歇斯底里翻你的外套口袋、褲子口袋，偷看你的筆電、窺探你筆記本、推敲你的日程，想確認你沒隱瞞我什麼。小偷般的行徑，我活成了別人眼裡的瘋女人。

可是，我一次也沒讓你知道，
依舊努力扮演一個寬容大度、善解人意的伴侶。

晨姐，是你公司唯一一名女性高階主管，是公認最擅長分析虛擬貨幣漲跌的王者，最高紀錄能在一個月內獲得五百萬台幣的收益，她開放同仁，投入資本逾兩百萬者，才有資格「跟單」。由她進行操作，百分之百會賺。

你和這位工作能力優秀的女性走得很近；
你一向樂於靠近優秀的人才，物以類聚。

晨姐為人豪氣，獨立自主新女性，和所有男人打成一片。

下班後，你常和晨姐私下往來。

每天結束後，睡前，我們的對話中，你滔滔不絕分享公司裡發生的大小事，而更多的，是三句話裡，就有一句晨姐。

「晨姐真的很棒，我跟她單之後，獲利提高好多。」

「她是我看過市場洞察力最好的分析師……」

「我今天跟晨姐去了一趟……她跟我說……」

「今天開會的時候……晨姐……」

你一而再分享晨姐的好，於是我向你表達疑慮

——我不樂見伴侶有相處密切的異性。

「又沒什麼，晨姐就是很厲害的主管，公司裡多的是想跟她當朋

友的人，大家都羨慕我跟她的交情，怎麼就妳不樂見？」

床上，你從我身後環抱我，我緊貼著你的前胸與下腹。我們蓋著同一條棉被，水洗純棉，通過過敏原檢定的高級床包。

生活在你苦心拚搏後，改善許多。

搬離了破房子，買下市中心頂級公寓，物質無虞；我們的日子，已是好日子。

我在你的懷裡小聲賭氣：

「就不喜歡你跟其他女生走很近……」

「等等，等等，晨姐不一樣，妳別小家子氣把她當一般女生！她是我們家的福星，我們有現在的生活，是站對風口、跟對人，當初我硬是不走傳統金融產業，做出改變，好多人說我瘋了，說虛擬貨幣就是泡沫跟騙局。但我仍然突破了舒適圈，就是為了跟著時代的趨勢起飛。現在成功了，不是嗎？」

王宇陽越講越投入，像是把生涯成功事蹟進行口述自傳般。

「宇陽，你先靜下來，聽我說說好嗎？你以前都會聽我說話的，對吧？我想說的是，這讓我不太舒服。我們以前天天談心，你會關心我今天發生的小小事情，即使只是我摔破我最喜歡的杯子，這種小事你也會跟我聊。但自從你工作上軌道之後，你每天都在講工作的事，你變得不像從前那樣在乎我，你嚴重分心了……」

王宇陽一聲長嘆……沉默許久。

「我已經很累了，先不要說這些。」

我的口氣也在聽見你的嘆氣後，變得不開心：

「不然我問你，你知道我今天白天做了什麼嗎？」

「還需要問嗎？每天不是都一樣？講這些幹麼？又不重要！我工作已經占據大多數時間，妳確定要把我們僅剩的相處時光，浪費在討論無所謂的生活瑣事上嗎？」

王宇陽說完，將我推離他的懷抱，轉身背對我。

就是這樣，總迴避我的情緒，只要你呼吸到一丁點我的負面情緒，察覺可能被指責，或是我顯露出不滿，你就會直覺性的，立刻將我推開。

而每當你推開我，我就更不安、更不滿，

於是，我忍不住，對著你的後腦勺怒吼：

「我們一整天沒見，唯一相處的時間，就聽你一直晨姐晨姐，我幹麼聽你講一整天公司發生的事？聽到我對你公司瞭若指掌，跟我有何關係？你只顧著你自己追求成功，還有你的晨姐！」

我聲音越來越大，不禁把長期的不滿全發洩出來……

而王宇陽也生氣了：「妳命太好了，根本不曉得外面有多難生存，我跟她根本不可能幹麼，我猜她可能喜歡女生！妳這樣胡思亂想簡直是給我找麻煩！」

「王宇陽，我才不管她性向是什麼，我就是不喜歡你對她這麼在意！你每天花最多時間的就是工作，回到家以後，你仍然在跟我聊工作。你能不能分一些時間給我們？像從前一樣。」

「我哪裡沒有分時間給我們？我不就正躺在這跟妳說話嗎？」

王宇陽的肉體在這裡，心卻仍在工作上。

我嗤之以鼻的岔氣笑了一聲：

「你每天花最多時間相處的人是她，回到家以後，講的是她、想的是她。你說這叫做留時間給我們？我笑死。你邏輯有沒有問題啊？」

王宇陽用力掀開棉被，棉被啪一聲壓在我臉上。黑暗中，聽見你開門，我知道又來了，你又要迴避我了，每一次你生氣，就會把我扔下。

走出房門，看見正穿鞋的你。

「我今天去睡飯店，妳自己沉澱一下。」

「王宇陽，你先停，穿鞋子幹什麼？你要去哪？我們還沒講完，我又不是要趕你走，你不要每次我跟你講事情，你就一副要分手的樣子……這讓我很害怕。」

無論王宇陽作勢離開我幾次，我每一次都一樣會被嚇哭。這一次，一樣眼裡打轉著淚，哽咽了……

而你冰冷的口氣與表情，不顧我的眼淚：「我跟妳聊天，妳是在不開心什麼？我講什麼都錯，那我去睡飯店，不打擾妳。」

我趕緊衝上前，一把抱住要離去的宇陽，眼淚又掉了下來。

「對，我不夠體諒你，我跟你道歉，對不起。但是，如果我真的命好，為什麼我感到這麼委屈，為什麼我愛的人，一點也不在意我的感受？」

我嚶嚶哭泣，眼淚落在宇陽的外套上。
而宇陽也再一次沉默了。

你雙手插在口袋，
將頭撇向我看不見的方向，
像是再不願多談。

黑暗的家裡，
有金錢堆砌出來的一切，
和一個我漸漸不認識的你。

為什麼？家裡的所有，都是你苦心賺來，
而我，卻感受不到愛呢？

我不適合談戀愛吧！
一旦在乎對方
就容易敏感多疑
易怒又愛哭
老是控制不了情緒。

成了這副討厭的模樣
自己都嫌棄了自己
又有誰會喜歡我呢？

「我們都要結婚了，你身邊有女生，你應該避嫌，不是嗎？」

雙方都冷靜後，我盡量以平靜的語調提出希望王宇陽避嫌。而你也退讓了。宇陽說會調整，然後明天要出差，會外宿三天。

又要三天聯繫不上，電話沒開機，偶爾才回訊息。

我又歇斯底里翻了你書房、抽屜、外套與褲子口袋……

這三天我沒有閒著。三天後，我估計你已回到公司，於是我親手烤了甜點，帶給你和部門同仁們。名義上是為你做公關，實質上，想藉機觀察你和晨姐的互動，順便透過行動宣示主權。

眾人吃甜點的過程中，晨姐提到王宇陽買的房子。

「王宇陽小朋友，你買房子真的是一件很愚蠢的選擇，這要是在我底下工作時做的投資決策，我絕對給你年度考核零分。」

晨姐正批評著我們現在所住的「家」，並強烈反對宇陽：

「你自己想，假設你有一千萬，在虛擬貨幣圈，高風險，高報酬，當然失敗者很多，但跟著我做正確的投資決策，一千萬在一年內滾成一千兩百萬都大有人在。房子這個金融商品，低風險卻也低報酬，一年後給你的回報，也不過幾萬元而已。」

晨姐繼續說：「王宇陽，你不是全公司最著急賺錢的嗎？以你著急的性格，怎麼會買房？把能滾錢的現金都卡在房子裡？我也是非常意外！」

「姐，我有未婚妻嘛，她有固定居住地的需要，不然我也很想跟你一起滾啊，報酬這麼好，誰捨得放棄大好機會。但她體質敏感，住得不好容易生病。」

一旁的我，聽見王宇陽這樣說。乍聽是體貼，我卻沒有太高興，因為這段話更像是認同晨姐的批評，像是因為我而遷就。

我壞了他們賺錢的好機會。

「年紀輕輕就把自己綁死，笨啊。幣圈利潤高，拿利潤零頭去租高級公寓一年就好，何必一整年把全部現金卡死在一戶房子裡？無論任何理由，這項投資決策，仍然是錯誤的。」晨姐把我們家當作一個金融商品批判，讓我感到不舒服，但我並未展現出來，只是忍著、陪笑著。

回家路上，電動車特斯拉的行駛聲音很安靜，安靜的車裡，我悄悄試探性說了一聲：「我不喜歡晨姐。」你依然說著你會避嫌，但強調，你仍然會跟她保持友好關係，再補充了一句：「難道我跟妳聊區塊鏈嗎？妳又不懂。」

「那你除了事業之外，沒有其他事情要跟我分享嗎？」我問。

「工作已經那麼累了，妳饒了我吧。」你的口氣真的很累。

「**你不覺得你這樣，會讓我更傷心嗎？**」我不小心哽咽了。

「**……不要想太多。**」你老是說我想太多。

「**你覺得這樣的生活就是我要的嗎？是在為我好嗎？**」我問。

「……」你沉默。

「**你有試圖要理解我嗎？你有想過我的感受嗎？**」我說。

「**又怎麼了……**」你聽起來，好像又不耐煩了。

回到家以後。你先洗澡，我卻在房間忍不住掉眼淚了。

我一直哭，嚎啕大哭。

把頭和臉都埋進棉被裡，大聲的哭，再也停不下來。

這是我這輩子第一次哭得這麼難受。

住好房子，開好車，在年紀很輕的時候，享受最好的物質生活，此刻的我卻覺得好孤單，我面對的悲劇已超出我的能力範圍。

王宇陽掀開棉被，要我別哭了。沒什麼好哭的。

晨姐就只是一個幫助我快速賺錢的朋友，不必在意。

我一句話也沒說，只是繼續掉眼淚，眼淚就是停不下來。

王宇陽又再一次不耐煩：「**我們真的要花時間在這些沒意義的不安上嗎？不要因為妳的不安，把我們的關係搞成這樣，好嗎？**」

我還是沒說話，淚流不止，啜泣聲難以停歇，把畢生的眼淚都掉光的那種。王宇陽卻情緒失控，大聲對我吼：

「**我沒時間陪妳在這邊不安！**」

我哭得更淒厲了。這不是我要的。這不是。

「王……宇陽，你以前……對我很……溫柔，現在……」

我啜泣說著，哭到無法順暢呼吸，話也說不清楚。

但話都還沒說完，王宇陽又大聲說話：「好了，好了，又要說我變了？對啊，我就是變了，妳怎麼可以要求一個人永遠不變，我要是不變，就會被這個市場淘汰！」

聽著王宇陽的脾氣，聲淚俱下的我，嗚咽加倍。

嗚咽再次讓我的句子斷斷續續：

「你……愛不……愛……我？嗚，嗚……」

哭聲更加猛烈，我再也忍不住。

「妳哭夠了沒？這有什麼好哭的？我拚命賺錢，壓力真的很大，妳可不可以成熟一點？不要有這些嫉妒心？」

你只顧著叫我別哭，卻不說一聲愛我。

「你……以前……都……會……說愛……我，嗚……」

昏黃的房間裡，迴盪著我的哭聲，我像是失去一切的喊著。

沉默許久的你，終於開口：「如果妳認為有必要，我可以說給妳聽。我愛妳。說幾次都可以。我愛妳。我愛妳。我愛妳。請問這樣可以了？」

表情冷酷無情，掏空靈魂的語氣說出不甘願的我愛妳。本該帶來幸福的三個字，此刻，竟令我感到無比的孤獨。

原來，我把餘生交付予你，

換來的，將是一世悲傷的無限孤寂。

相愛的兩人之間，一定得有其中一方
願意先變得柔軟，成為一座寧靜的池塘
任何情緒扔下去，都能被安放。

我們都渴望自己的聲音，被溫柔以待
那個吸收你情緒的人，對你溫柔的人
別讓他太辛苦了。

他是愛你，才願意承受你的重量。

我們沒有分手，愛在退退讓讓之後，苟延殘喘著。

我們共同建築了一個家。每一分毫，都是你上班賺來的錢。

我的體質容易過敏，對氣味極敏感，因此，格外在意居住環境、日常用品。空氣清淨機、四季恆溫空調、無聚酯纖維寢具、天然的衣料、有機的飲食、室內香氛和原木裝潢。

早上和你醒在同一張床上，我聽到的不是你對我說的一聲早安，而是你抱怨著股價又跌了，你起床後的第一件事不再是親吻我的臉頰，而是盯著手機裡貨幣的漲幅。

然而每日，我依舊親手做一桌豐盛早餐。

餐桌上，我問你：「**這輩子你最想完成的事情，是什麼？**」

「**賺錢啊。**」你簡答。

「**不是，我是說那種打從心底很希望看見的事情。**」我再問。

「喔……那就是希望妳能過好妳的生活吧。妳想想看，晨姐一個獨立的女人，不用靠任何人，一個人活得很好，有獨立的經濟，才有獨立的人格，這樣多讓人放心，而且不給伴侶壓力。她什麼都能自己來，是個完整的人。」我聽得懂你的意思，但我臉已很明顯不開心了。嗯，再次按捺下來。

一個人窩在家的日子，我天天做菜，研究食譜，試吃料理，為了給你一桌好的晚餐。偶爾無聊，我會直播向網友分享做菜。

你昨晚再次一夜沒回來，我很是擔心，後來你說臨時出差外縣市，住旅館，工作是你永遠的藉口。隔日約好的晚餐，你也遲到了，等到深夜，飯菜已涼，我也趴在餐桌睡著了。

「你去哪裡？怎麼這麼晚回來？手機都沒接。」

「我跟晨姐開會晚了。」

「幾點開的會？你們兩個而已？是在公司還是外面？你把今天做了什麼，時序講清楚，不要讓我根本不知道我在等什麼！」

聽到晨姐我就情緒不好，不曉得為什麼，她像一根刺，干擾我的感情，也似乎擾亂著我的自我價值……使我價值觀及思緒紊亂——得要活得像她那般，才是個完整的人？

我喊了一聲：「你是不會回答嗎？」

王宇陽又一聲長嘆……

「妳這種態度，誰會想回家？」

剛從餐桌上睡起的我，髮絲凌亂，也說話失了分寸：

「我也有壓力，我也有情緒，我也很不開心。」

王宇陽再一聲長嘆……

「妳知不知道，妳這態度，跟妳相處的人會很累？」

「那你是不會接電話嗎？你去哪都不會事先說一聲嗎？我們明明在一起，你為什麼活得像獨自一個人一樣？」

我說完，王宇陽走回房間，再次想冷處理。

我繼續追問：「一段穩定的關係，其中一方離開固定居住地，前往另一處過夜，主動傳一則訊息跟對方說一聲，這是很基本的尊重不是嗎？連五秒鐘的一則訊息都不願意，那還真沒把生活當成兩個人的日子。這樣處理關係，你不覺得太自我中心了？為什麼總要我問了你，你才告訴我？為什麼我總在等你？」

「對，我就是這幾次正好沒講，怎麼樣？跟妳道歉了，妳還逼迫人，妳歇斯底里的毛病再不改，世界上哪個男生受得了？」

王宇陽理直氣壯。

聽到這裡，我情緒也失控，搧了你一巴掌。

「你是不是照顧工作太多了？我到底要等多久，才能等到你有餘裕跟我好好說話的那天？你何時才能變回從前那樣，那時候的你好溫暖……你覺得你天天這樣子，我們還走得下去嗎？」

王宇陽沒意識到我心又碎了一塊，也未曾想安慰我：

「妳要我不變，又要我成功，要我賺錢，妳以為成功這麼容易啊？妳以為我樂意這麼辛苦？還不是為了妳的生活！還不是為了滿足妳！」

「滿足我？」

這三個字，再次一刀捅進我心臟。

「對！妳花錢這麼揮霍，我就問，我賺錢的速度，要怎樣才跟得上妳撒錢的速度？我要賺到什麼時候？」

「我又不是買奢侈品，這些都是性價比好的，它們可以讓我們提升生活品質……」我僅存的尊嚴捍衛著……

「王宇陽，你太過分了，我體質敏感，你以為我想當這樣的人？滿足我？我錯了嗎？這台冰箱我是精打細算後，買便宜的，它噪音那麼大、常漏水，尺寸甚至跟家具格局都不合，我都沒有抱怨，我忍受這些噪音跟生活中的不便利，你沒看到嗎？」

「宇陽，你在情感上真的很懦弱，說得好像這一切都是我要求的？難道都只有我嗎？這些路不也都是你自己選的嗎？怎麼怪我？好像我毀了你人生一樣，明明你自己選的！」

突然。王宇陽一聲怒吼！

吼聲震耳欲聾。

空氣凝結，時間暫停在負能量的氣氛中。
一陣耳鳴，隱約聽見王宇陽冷漠說了一句：

「喜歡我不也是妳自己選的嗎？」

空氣安靜。看著桌上飯菜涼。
精心準備的料理，錯過最佳品嘗時間便飄散一股油膩氣味。

我一心寄託予你，一輩子只等一個人的心意，
不知何時走錯的，竟走成如今這般。

你我之間的沉默，剩下時鐘裡，分針與秒針，
正一步一步往前離去的聲音。

我們的愛裡，沒有一個人的聲音，被對方溫柔以待。

我說著我的委屈，你重複抱怨著你的犧牲，沒有一點聆聽。
沒有一點聆聽。
沒有一點聆聽。
我們沒有一個人，有力氣聆聽。
日子艱辛，我們，都想避風，而無人當港。

回頭看，我才知道，原來我最渴望的，
是我的聲音，能被我所珍惜的人，好好對待。
——**我們都渴望，自己的聲音，能被溫柔以待。**

靜默許久後，你又說了那句老話：
「我怎麼說，怎麼錯，那我們乾脆不要說了。」
你回房間待了一下子，又想冷戰了吧？後來甩門走了。
扔下我一個人，在我們共同建築的，所謂的「家」。

我拿起手機想追上你，卻突然止步，停了下來。
此刻，我的心底，像是某個區塊崩壞了。
再怎麼解釋也無法被同理，這種孤獨的心情……
任何委屈說出口，全被反駁，而變得加倍委屈。

當兩人之間，得要隱瞞著什麼，便如隔著一道牆，
心意的交流，都被阻斷了；
即使仍愛著對方，卻感覺不到彼此了。

你為什麼不告訴我？為什麼選擇不說？
為什麼瞞著我呢？你認為隱瞞我，是對我最好的方式嗎？

兩人同住一屋簷下，心中卻寂寞倍增。
我愣在原地，抬起握著手機的右手，不斷用力敲擊頭部，
我像瘋了一樣，手機撞擊著頭顱。

敲擊、敲擊、敲擊！
手機保護殼碎裂，
碎片與髮絲勾結，
牽扯出一絲絲黏稠血液……

敲擊……敲擊……
剩我一人的房子裡，
有秒針的步伐聲，
每隔兩秒，
使盡全力敲擊右腦一下。

痛著，
一份想將自己敲碎的意念，
無法克制。

碎裂的保護殼割傷了手掌，
我卻一滴眼淚也沒流。

心像被掏空。

此刻，我們擁有一切，卻一無所有。

相愛，是兩人瘋了似的
消磨彼此的最大能耐。
消磨到彼此再也撒不了嬌
再也說不出好聽話為止
然後發現自己荒謬
道歉和好。
許久後
再重複消磨一次。

可是，只要發生爭吵，你總會立刻丟下我，獨自離去。你說你要將自己冷凍，不讓爆炸的情緒炸傷我。呵呵，還真是偉大。

只要相處間不開心，你會對我極度冷漠，不帶感情的冰冷，對我說著沒有靈魂的句子、沒有情感的簡答句回應。

你說你不想讓情緒傷害我，你說你的冷漠，是為我好。可是你總是不懂我的痛——將我丟下，是最能傷害我的方式。

真正的溝通，是平靜的聆聽；
真正替對方著想，是迅速釋懷，盡快轉念。

冷漠是一種極端情緒，它會將人割傷；
冷暴力，也是一種情緒性攻擊。

承認你的虛偽吧，你用「我為你好」四個字，
包裝著你不願坦露感情的懦弱，你懼怕著什麼。

當然，我是最沒資格指責你的，
因為我也讓你難受了。
身為伴侶的我，竟不曉得能為你分擔什麼。

……

回過神來，太陽穴旁仍流著血，掌心被碎片穿刺。
已過中午，將近十二小時沒有你的消息。

傳給你的數十則訊息，你未讀；
話筒傳出一句：您撥的電話未開機。

赤腳的我，安靜站在客廳，沉默，卻內心已歇斯底里，

——要是沒有了你，我該怎麼辦？

——失去你，我活著還有什麼意義？

再一次深夜，你的社群毫無動靜，

再一次清晨，你仍舊沒回訊息，

你打算從我的生命中消失了？

冬日午後的天空，陰雨連日，晦暗得看不見希望。

等啊等啊……昨日離開後的你，去了哪裡？

今日的你，為何聯繫不上？

我如瘋婦般，翻遍家中與你有關的一切。

衣櫃，搜查大衣裡的每一個口袋。

錢包，攤開那些揉爛在夾層裡的每一張收據。

翻看你所有往來文件及日用品、筆記本……

……突然，在公事包裡，

意外發現了，一個我從未料想到的祕密。

——我們一對的，那支舊手機。

你也還在使用這台舊手機？

我按下播放鍵，「心很空，天很大，雲很重，我恨孤單卻趕不走……」熟悉的歌詞，從破舊的手機揚聲孔裡，流瀉而出，我把聲音開到最大，確認了就是《那女孩對我說》，歌手黃義達的聲音，這首讓我穿越時空的定情曲。

筆記本裡寫著：

2010.11.01 圖書館

2010.11.18 生日／給紙條

2011.01.06 第一次正式約會／圍巾 V1 藍，V2 紅

……

……

2020.11.01 媽媽 V1 失敗，V2 不用擔心

2020.11.02 爸爸書房／小心被偷聽

2020.11.10 對不起

2020.11.18

V1 求婚－在一起－悲劇

V2 離開

V3 被求婚－在一起

最後的「V3 被求婚→在一起」被紅筆劃上了一個大叉叉。

旁邊字跡潦草寫了紅色的四個大字「還是不行」。

……

究竟發生了什麼事？

怎麼，你也像我一樣，能回到過去？

你說你版本一的人生裡，我們在一起了，卻是一場悲劇。

但我卻沒有印象。

我想起我當時寫在自己筆記本裡的事情：

【5. 當穿越者改變過去，穿越者會同時擁有新舊兩者的記憶，而被改變的人，只會擁有改變後的記憶。】

我的版本一，已是你的版本二；

因為你是穿越者，將我原先的記憶抹去。

你偷了我的回憶。

而版本二，你失蹤的那個版本，則變成我的原始記憶。

版本三，我以為我穿越而改變了我們的命運，實則，你也正穿越著，與我一起建構著我們的命運……

版本二的人生，你失蹤的版本。你在版本二打上一個勾，表示認可。卻沒想，對我而言，你的離去，才是世界毀滅級的悲劇。

版本三的人生裡，你被我硬是攔截而在一起，卻被你打了叉。

怎麼？

你從頭到尾，就想離開我？

想到這裡，心臟不停顫抖，全身刺痛，身體失溫而難以自主……

你不要我了。

你最好版本的人生，是沒有我的那個版本。

當你愛我
你寵我、疼我、讓我；
後來你不愛了
對我只剩一整屋子的龜毛與要求。

原來不夠愛我的人，就會希望我成熟體貼、懂事、穩重、情緒穩定、去工作，不要整天鬧著。如果你真的愛我，應該會很單純的，希望我能開心。如果你真愛我，會禁不住的，只想花多一些時間，跟我賴在一起。

瀕臨崩潰的我，數日未闔眼，難以平靜。

直到你終於肯接起我的電話……

「你怎麼可以擅自決定離開我？在一起是我們兩個人共同決定的事，為什麼分開，就你一個人說了算？你不顧我的感受，而且，沒有你我要怎麼辦？我怎麼活下去！」

一種情緒崩壞的口吻，我失控了。

「妳不能把我當成全部，我應該只是妳生命的一部分。妳就沒有喜歡的事物？沒有熱忱嗎？妳難道不需要自我實現嗎？」

電話裡，你的口氣急促……

「……我」

來不及等我說完，你再次插話：

「就算沒有我，妳也應該要能自己活下去。」

我立刻回答：**「我們不是生命共同體嗎？我們不是說好一輩子非對方不可嗎？我把你當成全世界，我的熱忱就是等你回家……」**

「不要這樣！很可悲。」

很可悲？這三個字，卻是最輕視我的三個字。

「我用我全部的愛來愛你，怎麼會可悲？我這輩子都在等你，你就是我的重心！」

我幾乎用喊的，喊出這段話……

「妳可以花一輩子，只愛一個人，這沒有問題。但妳不能一輩子，只為了成就另一個人。」

你的口氣冰冷，一字一句，試圖凍結我……

「我喜歡的人是你啊……我的熱忱是你啊……我一直覺得等你回家跟我吃飯，我就很快樂了，這就是我實踐我人生的方式……」

我說著說著，又哽咽了。

是啊……要的就是一份平靜而溫暖的愛。

王宇陽苛薄的言論繼續著：

「妳不該像寄生蟲一樣，寄生於我，妳如果愛一個人，應該互利共生啊……不是每個人都像我一樣，會為妳付出所有，給妳寄生。難道沒有我，妳就也要死掉嗎？」

「寄生？你有必要講得這麼難聽嗎？愛是互利共生？你要對方有利益價值，你才跟對方共生？那你敢發誓你真的愛我嗎？」

「同樣的問題我回給妳，那妳寄生我，是愛我嗎？寄生著另一個人，吸取對方的營養才得以存活下去，是愛嗎？」

王宇陽口中的寄生二字，質疑我的愛，像一巴掌轟在我臉上。

而我的愛，
即使對方油盡燈枯，我也永遠相伴左右，
同樂，亦同苦，患難與共。
我的愛，是暴風雨來了，一起淋雨又如何？
只要在一起，我們什麼都不怕，我們將共度萬難。
所以我不放棄，仍說著愛你：

「我愛你啊，我這輩子就只愛你啊。我把我全部的愛都寄託在你身上，為什麼你不能也把我當成你的全世界！嗚……嗚……」

「妳去冷靜一下吧，我要掛了。」

你再一次阻擋了我潰堤的情緒。

客廳被我的哭聲掩埋，我大吼著：「王宇陽，你不要掛電話，我已經崩潰了，你要是掛電話，我真的會瘋掉，不要掛！你在哪裡？你在開車嗎？這是車子發動的聲音嗎？你要去哪？你別掛！」焦急嘶吼著：「我、叫、你、不、要、掛、電、話！」

吼叫著，而我聽見電話另一頭，你丟下幾個字：

「**妳……這樣……**好、**可**、**怕**……」

你沒把話說完，電話卻不再發出聲音，幾秒後，你將電話掛斷。

空蕩蕩的房子，寂靜無聲，只有破舊手機揚聲孔裡，流瀉出的旋律，不斷重複《那女孩對我說》，彷彿嘲諷著我那只想和你在一起的心情……

▸▸▸

我的腦袋一片空白，我當機了。我的人生像被完全推翻，像被全然否定——我的存在，本身就是一個錯誤。

當我的生命共同體，不再需要我了，我也就失去了活著的意義。失去你，我心中一部分被剝奪了，碎了一塊，不再完整。

痛著。我意識混亂，利刃劃在手腕上，肉體的疼痛，掩蓋不了心中殘破不堪的劇痛。跪坐客廳正失血的我，無意識走出門外，喪屍般的步伐，緩慢往頂樓前去，每一步，踏下的是絕望，踩碎那些散落一地的真心。

不再完整的我，站在頂樓大雨中，抬頭，是無盡深灰色的天空，任憑冰冷的雨滴打在臉上，穿透我身上的每一部分。

好累，好累，我再也支撐不了自身重量，往後一倒，仰躺在頂樓磁磚上，我想從世界上消失，卻沒有勇氣死亡，也猶豫這個選擇帶來的後果，只好無奈倒臥血泊，對生命，對愛，無言以對。

寒冬冷雨。

鮮紅血流，灌注進水坑，散成一片血海，

雨水打在紅色長河中，濺起陣陣腥味。

身上的白色毛衣，純白色，
象徵潔白純粹之愛的我自己，
染上鮮血，便再無洗白之可能。

▼▼▼

記憶輸入到此為止，頭痛欲裂，雙瞳驚恐放大，兩年的記憶像跑馬燈一樣走完，原來大量記憶訊息被塞入是這麼痛苦。然而，這也讓我看清，你給我的愛，從不是我需要的愛。

悄悄逝去吧，抛下一切吧，世上再無留戀之事了。

「**對不起，我自己⋯⋯**」

最後的力氣，唇語氣音，遺言只有六個字。

這輩子活成了一個不愛自己的人，
高冬雨，我向妳說聲對不起。

此生奉獻所有，只願遇見一心人，白頭偕老。妳盡力了。
此生疲憊於愛人與被愛。妳盡力了。

只是，
以後，別再愛得太用力了，
以後，自私一點，把多一些愛留給自己。
妳要知道啊……
這世上，只有自己，最心疼自己。

原來，這段愛情，是被頻繁的爭執給吵散了，
才終於意識到，這才是你回到過去洗掉我所有回憶的理由。

原來，你是故意消失，因為在一起後的我們，根本不愉快，所以你回到兩年前，終止一切，砍掉我這兩年的記憶。

原來，你隱瞞了一切，是寧願不和我在一起。

我徘徊於自責與絕望的血色深淵裡，懊悔與慚愧淹沒了我自己，漸漸失去了意識……

再見。王宇陽。

我不再主動聯繫你，並非你不重要了
只是喜歡你的日子，一天天過
我突然發現，對你而言，我不重要了。

每個從你生命裡消失無蹤的人
通常不是一瞬間的事
而是無數夜裡的拉扯
終於願意放過自己，所做的決定啊……

我聽見遠方急促的腳步聲，是剛剛的驚叫引來管理員查看，我被拾起，送往醫院急救。先是塑料管子和化學液體為我續命，後來轉給諮商心理師，再來我回到家中。

「你們兩個都太固執了。」媽媽說。

呆坐在床上的我，想著她大概又要說些上對下的教條。

「妳不用擔心，我不會再跟他聯絡了……」

我絕望低語，說著氣話，可我當然知道，我根本做不到。

早已誓言成為生命共同體，少了對方，又怎麼能獨活呢？

「小雨妳知道嗎？媽媽和妳爸爸相處了一輩子，只有一個結論——**愛是讓出來的，沒有一種愛情不委屈。**」

對，又來了。

但後來的故事，卻是媽媽難得的心裡話。

「灑水器是妳破壞的吧？水電工說那是人為的破壞。後來我檢查庭院的監視器，拍到妳了。」媽媽笑著說：「我大概能猜到，妳為了讓我分散注意力，也為了讓妳男朋友有表現機會。」

「妳幹麼假裝不知道？」我問。

「妳跟陽陽交往，當初妳讓爸爸先知道，我在幾年後才從爸爸口中得知。這件事情讓我氣了很久，不只氣妳，更多是氣爸爸怎麼可以隱瞞我這麼多年？

也許男人覺得這是小事，但我在意。我們三個，就是世界上關係最緊密的三個人，妳也是我女兒，他應該要引導妳跟我分享，而不是跟妳獨享你們的祕密。把我擺在哪裡？」

我不以為然。

我說：「妳要怪妳自己啊，我跟妳說開心的事，卻從來沒有得到好的回應，所以我當然就不想說了。多年被妳潑冷水，情感在妳這裡都被堵住了！」

「妳這段話對我太不公平了！妳以為我想當黑臉嗎？妳以為我想黑到讓孩子再也不願意跟我分享生活嗎？但我如果不嚴格、不務實，妳都被妳爸溺愛，妳長大會成什麼樣？

那天我和妳爸大吵一架，憑什麼在孩子的教養上，他永遠當好人？妳會找他買巧克力，因為妳如果叫我買，我只會反過來要求妳飲食節制。那為什麼要求孩子的人，不是妳爸，而是我？」

媽媽憤慨，像是積怨已久，確實，誰都不想當壞人。

當我責怪了媽媽，我卻立刻聯想到……

王宇陽曾不斷向我分享工作的樂事、聊他的事業成就，我卻常阻斷他的分享，因為我只顧著要求他在工作之餘，僅剩能相處的時間裡，多在乎我一點。

卻沒想過，他對我滔滔不絕的分享，就是他愛我的方式，他在一天工作結束時，分享他的喜悅，而我啊，正如媽媽堵住我的情感一樣，我也堵住了王宇陽分享快樂給我的時刻。我是被潑冷水的受害者，卻也潑了王宇陽冷水呢……

確實我做得不夠好，我沒有找尋平衡點，只一味硬要他照著我的方向走，而不夠尊重他有他自己的選擇、自己的步調。

和媽媽之間沉默許久，我說：

「媽媽，抱歉，當時隱瞞了妳，我不小心做出排擠妳的行為。我知道妳是為我著想，才對我嚴格，但是也因為妳的嚴格，讓我很挫折，挫折讓我不再喜歡我原本喜歡的事物。」

「媽媽也要跟妳說對不起，不是故意要打擊妳的信心。只是媽媽總是擔心妳，也希望妳成為更好的人。對不起，讓妳受傷，以後會多留意。」

我擁抱了媽媽，也再次抱歉，害爸媽為了教養我的事而吵架。

「我已經長大了，也漸漸練習社會化，你們可以放手了，我會慢慢獨立；你們不要再擔心，不要再為了我爭執，我不想要你們感情不好。」

「不會感情不好，因為後來我原諒了，釋懷了。」

媽媽繼續說：「很多女生都會抱怨說，我男朋友以前都會哄我，他現在變了、不哄我了、對我沒耐心、在一起久了就不珍惜我。

但是一個男人跟妳十次爭吵裡，九次哄妳，一次不理妳，又怎麼樣？這不代表他的愛被磨光了，不是他不愛妳。

妳想想，他一輩子都在為妳付出，後來有一次做了徹底傷害妳的行為，那妳要相信那一輩子？還是那一次？」

聽媽媽說著，我也想起那些快樂的日子，吵了架也會和好的日子，我惦念著，那些你疼愛我的曾經。

當我肚子疼，你熬煮了一壺黑糖薑茶；

當我凌晨想喝金桔檸檬，翻遍整座城市你也會買回來；

當我迷惘於人生，你曾細心聆聽與開導；

當我挫折於他人的指責，你曾提醒著我的優點；

當我脆弱的日子，身邊都是你。

媽媽說兩個人在一起，沒有誰不委屈的：「如果總是要比較誰辛苦、誰退讓多、誰付出、誰更成熟，永遠比較不完。談戀愛是兩個人的事，必須接受對方和妳是相異的個體。

媽媽以前也有自己喜歡的工作，有了家庭後，工作就辭了。因為我知道，我們家要追求的生活，根基上，是以我們一家三口為一個單位。那我做的選擇，要考慮到這個單位裡，所有人的快樂，加總起來的最大值。妳爸賺的錢多、我也不排斥家務，所以我妥協我的工作，放棄職涯。

我認為犧牲自己，並非等於不快樂。因為當我的伴侶能感激我的讓步，這時，犧牲感便能消滅。我的犧牲，只因為這一輩子啊，能讓我願意為他心甘情願妥協的人，只有他一個。

況且，我的世界很小，只需要服務好家庭，妳爸卻在外面，要被社會與人際關係考驗，他也不容易啊！」

媽媽說的沒錯，成年後的男生，在社會上確實不容易。如果陽陽是個普通人，他要想辦法在職場生存、賺錢、養家，為我們共同的未來做打算，他一定也覺得疲憊……

但他是個男人。社會定義男人不該懦弱，於是他沒法哭。女生掉眼淚會令人心疼，但男生的眼淚就是軟弱和失敗者。

而我也不該怪他委屈我，因為他就是跟我不同的個體，他也正以他自己的方式，一邊承受壓力，一邊為這段關係努力。

可能吧，磨合，是兩個人一起處理傷痕的過程。兩個人都受傷了，兩個人都抱怨著，但都相愛，誰都不願意放手。

愛要走得久，最重要的是為對方體貼的默契，如果誰不小心鬆手了，另一方便要緊緊抓住，任何人都有脆弱的時刻、想放棄的時候，但只要其中一方還願意，就總有機會延續。

我的淚水含在雙眼中，媽媽拉起我的手：

「小雨，換個角度思考，退退讓讓的，幸福會離我們很近，妳要相信呀——**幸福一直很近，只是我們愛錯了方式罷了。**」

房門外，爸爸走進來，似乎在一旁聽了許久，但他卻只說了一句：「分手就分手，趕快忘了吧，早點走出來。」

爸爸很反常，他不像從前對我有那樣多的關心。

他異常沉默，遠遠看著我，要我好好放下。便安靜走遠。

我發脾氣
不是不愛你
只是我不曉得如何處理那些
將我壓垮的情緒

和媽媽談心後，這個夜晚，手腕上的刀傷仍包紮著繃帶，右腦的撕裂傷取出碎玻璃後已完成縫合，一個人站在床邊，窗外又是陰雨天，我將那支老舊手機插上充飽電量，按下播放鍵，我們當年共同的「來電答鈴」——黃義達《那女孩對我說》再次單曲循環。我決定再試一次，也許，這次會有所不同。

二十五歲的冬天，你對我說完你與父母的故事，我們達成協定先不結婚，而你答應會與我同居，當晚，我戴上耳機，宿在你的租屋處。於是，我再次醒在二十五歲的身體裡。

「王宇陽……王宇陽……」清晨，我搖醒了你。

睡眼惺忪的你，問我怎麼了？我深吸一口氣，告訴你……

「未來的兩年，我們在一起，卻不快樂。」

「妳又怎麼知道我不快樂？」你反問我。

「因為我來自兩年後。」我回答你。

「嗯？」你的表情看似鎮定。

「你的銀行卡密碼是我的生日、你會應徵一間虛擬貨幣交易平台的工作、你正在計畫一年內買房子作為給我的驚喜。這些，現在二十五歲的你，都還沒告訴我，但因為我來自兩年後，所以我都知道。這樣你該相信了吧？」

「嗯，我相信。」

「宇陽，認識你十二年了，我們，開始於一段單純美好的日子，雨滴細碎敲打玻璃，那時，望向窗外，每天都能見到你。長大以後，你繁忙於工作，我們分隔兩座城市，那座大城市裡，渺小的你，從不投降於貧困，底層的生活不容易，你卻拚了命，長成了年少有為的樣子。

後來，野心和慾望慢慢實踐，我們卻也悄悄變質。承受著各自的壓力，日子的節奏太快，令我們猝不及防，沒能照顧好彼此情緒，於是，我經常掉眼淚、歇斯底里、整日不安與猜忌，你更像是不想屈服於世界般，不斷向世界征討所有你要的。

我擁有好多，你給了我好多，可我卻漸漸失去你。

我經常感覺不到你，只見一座空殼，賺錢賺得好倦好倦的軀殼，一副勉強撐著疲憊的身軀聽我說話，卻沒反應的軀殼；你對我的情感支持，不知從何開始，中斷了；而我付出的感情，卻像對著一堵牆咆哮，牆沒有一點回音。

你開始對我有隱瞞，你不再對我訴說心事，我只看見那個事業有成的你，而找不到那個對我溫柔的你，我們在這座繁華的城市裡，不小心遺失了彼此……」遺憾的故事說到這。

「所以，妳和我說這些做什麼？」

王宇陽壓抑著情緒，刻意冰冷，問了這句。

隔了許久後，我才回應你：「嗯。你是兩年後的王宇陽吧？」

眼前的你只是不動聲色看著我，不承認也不否認。

我繼續說：「我想告訴你，我沒事，一切都沒事，我自己想通了。我理解的，你有你的倔強。我的抱怨和我曾表達的需求，你都有聽到，但你有你所堅持的事情。所以你一時刻間，並不一定能達到我的要求。

更重要的是，我不會現在就強迫你改變，因為我在意你，所以我讀到你的需求，並打從心底接納了你。而如果你也在意我，你自然也會聽進心裡，總有一天，你會用你舒服的方式，來回應我、滿足我的需求。而在那之前，我會盡可能的體諒你。」

「所以妳回來這裡，妳想改變什麼？沒什麼能改變的，未來都是註定的，悲傷都是註定的。」你說話的口吻，很哀傷。

「我沒有要改變過去。」我堅定說著。

再強調一次：「我沒有，我一點也不想改變過去，再也不想，那些碰撞，就是我們曾經相處過的痕跡，我們為了走到今天，為了愛，而做過的所有練習。」句子裡，滿是過往的幸福回憶。

於是，我拉起你的手，堅定凝視你雙眼：

「我要你跟我一起回到未來。我們不用改變過去，我們一起回到未來吧，只要你願意，我們隨時都可以重新牽起手。」

「不管未來有多可怕的事情，我們都要一起面對，好嗎？」

我說著，眼淚掉了下來，其實，我也仍然害怕呀……

我們都在二十五歲的身體裡，
而我向二十七歲的王宇陽提出邀約
——我們一起回到未來吧。

你，會願意與我一起面對嗎？

……

「對不起。」
王宇陽將我緊握的手推開。
我無聲的眼淚落下

「小雨，至少這兩年，二十七歲前，還能和妳在一起，給妳好吃好穿、為這個家賺錢、為妳努力，但我們終究會發現，真不合適。對不起，我們珍惜這兩年吧，兩年後的未來，我無法繼續陪著妳。」

王宇陽為我們的感情訂了一道死期，無論如何，兩年後，你都會如你所計劃的，先離我而去。

「我們只能到這裡，我消磨夠了……抱歉。」

你說你受夠了，決定放手……

我再一次把持不住情緒：

「你最好是消磨夠，你明明愛我，卻一直逃，你就愛提分手，遇到問題就閃躲，你什麼時候才要對我說實話！什麼時候才要面對自己真實的心意！你逃避自己的心意，真的很軟弱！」

我說完，王宇陽沒有回覆我，轉身離開了。

……

你選擇了一段沒有我的人生，
你關上門離去，門後我卻沒追上前。
其實只要輕輕幾步路，就能拉住你的手，
我卻只想著，為什麼是我？而不是你來挽留？

於是，我們錯過彼此，
錯過對彼此坦白的時機。

也許真正遺憾的，不是我錯過你，
而是錯過那本該發生的白頭偕老。

我的未來，將註定沒有你。醒來以後，我會回到一個沒有你的世界，努力適應著，那獨活的日子。

第 四 章

那些，誰也開不了口的……

我一個人承擔，比較不可怕；
要是兩個人一起承擔，
把妳拖下水，那才是真的可怕。

「宇陽、宇陽……」沉穩的聲線喊著我的名字，我從夢裡醒來。睜開眼，摘下耳機，朦朧的視線，看見眼前，是小雨的爸爸。

白紗簾透進微光，醫院的儀器發出固定頻率的機械聲，那證明我的心跳仍跳動著。今天的精神狀況尚可，微弱的氣息喊了一聲爸。小雨的爸爸，是唯一知道我「日子所剩不多」的人。

腦子裡正想的是，高冬雨企圖自殺前，在電話裡哭吼又大喊。那通沒講完的電話，是我剛發動車子，正準備繫上安全帶，聽著手機另一頭，妳瘋狂咆哮。

當下想告訴妳：「妳這樣子很可怕，我壓力很大，多照顧自己，我才能放心。」但話才說出口，沒把話說完，頭痛欲裂的感覺再次控制了我，我知道根本來不及到醫院，於是打開車門，整個人跌落車外，怕妳發現，只好在失去意識前，急忙掛上電話。我知道妳討厭我掛電話，妳會崩潰，但我必須瞞著妳。

醒在醫院，已過了一個日夜，醫生說腫瘤壓迫神經，劇烈頭痛症狀只會越來越嚴重，藥物的抑制效果有限，再過陣子，可能就要長期住院治療了。

曾想回到過去，及早治療，但這樣的腦部腫瘤，即使治療了，存活率只有百分之五。因此，我做了一個決定，我得在僅剩的時間裡，有足夠的收入，能照顧好妳，使妳衣食無虞。

總是希望妳多照顧自己，總是希望妳多學學晨姐那樣成為一個獨立的女性，並不是否定原本的妳，而是我要是不在了，妳一個人，沒人照顧妳，我放不下心……

若要說有什麼遺願？妳曾問過我這輩子有什麼願望？

我說的是真心話，願妳能找到有熱忱之事，也許，有獨立的經濟能力更好。那麼我才能放心離開妳。

對不起，我也快承受不住獨自面對死亡的壓力與恐懼，因此時常做不出快樂的表情。疾病導致時常偏頭痛，經常會使情緒失控，以致於我時常在表達時，沒有耐心。也頻繁嘔吐，若沒有藥物抑制，我得跑廁所，講了個爛藉口說喝醉。

那日，妳送甜點來公司，晨姐批評我買房子是不明智的選擇：「王宇陽小朋友，你買房子真的是一件很愚蠢的選擇，這要是在我底下工作時做的投資決策，我絕對給你年度考核零分。」確實，賺錢有更快的方法。有槓桿更高、報酬好的投資。

但我買房子從不為賺錢，房子對我而言並非投資項目，而是關乎於妳穩定的生活，我只想盡快安頓好妳的日子，確定我離開以後，妳能依然有個穩定的家，為妳遮風避雨啊……

我從未把房子當成金融商品來看待，
我要的就只是給妳生活的穩定性。

晨姐總在問：「你到底為什麼這麼著急賺錢？你才二十幾歲，到底幹什麼非要這麼快財富自由？你還那麼年輕，為何比別人都拚命？」他們只看見我的努力，無人知曉的是，我走了成功的捷徑，奮力一搏，不過是為了，能安心離開妳。

妳那麼傻、那樣天真，要是沒有我，妳還能好好生活嗎？
妳的日子沒人照顧了，該怎麼辦？想到這我便擔心，
得在還有意識時，盡可能為妳累積足夠妳生活一輩子的財富。

我常常要妳省錢，我抱怨我賺錢速度趕不上妳的揮霍無度；但那

不是責怪妳，只是擔心妳。後來我回房間，妳說我要冷戰也好，但我即使氣妳，我也拿出筆記本，老老實實，把原訂規劃要賺到的目標財富劃掉，按照妳的日常開支比例，寫上一個新的、更高額的數字。

妳說我在只顧著追求成功的過程裡，不小心在這座偌大的城市遺失了妳，我卻不這樣認為；因為妳在我心裡，我才擁有奮力一搏的意義。

這幾年，我時常不在家裡，臨時消失、讓妳聯繫不上，事後才告知妳，假藉出差的名義，其實頻繁跑醫院進行治療。

除了治療，便奔忙於事業。對不起，不是不顧家庭，而是揹負著要妳一輩子好好活下去的心意，而一天一天，刻苦努力著。

在醫院的日子啊，都是妳爸來探望我、告訴我妳的消息。爸也時常謝謝我對女兒的付出。果然啊，男人才懂男人付出愛的方式。只願妳能好好離開我，不要有牽掛，開始妳的人生吧。

曾對妳說過我媽媽用生命換來我能長成一個大人，這令我倍感壓力與束縛，為何我要承擔她的生命而活？為何讓我如此不自由？為何用她的付出來困住我？為何愛一個人便要如此牽絆？

直到遇見妳以後，漸漸和妳一起成長，我才明白，

原來啊……**愛，本身就關於束縛**。

原來束縛與牽絆，都是因愛而生啊……

因為揹負著讓妳幸福的責任，我的每一步，都踩得踏實，日子不為我自己，而是為我們共同的家，也為我離世以後，要妳能做妳喜歡的事，成為一個快樂的人。

知道我為什麼那麼喜歡《那女孩對我說》嗎？
如詞裡所寫

「我不需要自由，只想揹著她的夢，一步步向前走
——她給的永遠不重。」

還欠妳的寵愛
我們下輩子重來。

得知妳在家頂樓自殘後，仰躺血泊裡，被管理員救了的消息。我萬分自責，寧願改變過去，不在一起。早點離開妳，也許，痛就少一點。

「那女孩對我說，說我是一個小偷，偷她的回憶……」

最初我便是偷了妳兩年的回憶，妳就當我在求婚日失蹤了吧，只願妳早點忘了我。妳若發現了，會怪罪於我，但是妳卻不曉得，同樣遍體鱗傷的我，除了妳以外，一生從沒再愛過。

那晚，回到過去，見過妳父母、與妳窩在小小的租屋處，再來，是與妳約定好在 101 大樓正門口的 LOVE 裝置藝術那天。

一早，我退租了小公寓，刻意將藍色圍巾丟棄，好讓妳看了死心。並將妳畫在我手臂上的太陽和雨雲，紋了起來，作為最後的紀念，然後離開了妳。我必須提早離開妳，至少妳痛苦的日子可以少一些。

那是我的第一次穿越。

妳寫日記的黑筆，在我的手臂上，畫了一顆太陽，和一朵雨雲，我被筆尖刺醒。我摘下耳機，看見二十五歲天真的妳，妳寫了一篇日記：「我想嫁得像她一樣」。對不起，妳要的幸福容易，我卻給不起。

「又在想嫁給我喔！」我伸手揉亂妳的頭髮，對妳笑著。妳說過幾天就是我們十年前約好，我要向妳求婚的日子。

我沒回應妳，奪走妳的日記，轉身背對妳。我低著頭，後來眼淚快要落下，只好先將頭埋進棉被裡，我在棉被裡無聲痛哭，淚水直流，妳在棉被外，空氣安靜了許久。

後來妳喊了我，我卻難以出聲，深怕妳發現我的脆弱。大約一首歌的時間以後，我迅速壓抑情緒，平復下來，悶在棉被裡，我想，我不敢承諾會娶妳，但我向妳保證：

「我這輩子只有妳了，還有什麼不放心的？寶貝妳放心，我會很努力，很努力。」

隨手以棉被拭去淚水，確保臉上乾燥，才掀開棉被，把妳拉進我的懷裡，揉揉妳的手，要是會冷，快來我胸口取暖吧。

妳發現棉被一角溼溼的：「吼！王宇陽，你睡覺流口水沾到我了啦！」幸好妳以為是口水。我惡作劇般繼續用「口水」沾妳。

「寶貝放心，能給妳的我都給妳，我會認真賺錢，給妳好的生活，讓妳住好的房子，冬天不冷，夏天不熱，讓妳每年秋天開心去買新

外套過冬。」所有的承諾我都可以說，我甚至想物質上負責妳的一生，但唯有娶妳，我辦不到。

把妳紋在我身上，刺上太陽和雨雲，
妳親手畫在我手臂上的圖案。
如此，即使我離開了妳，
也在餘生裡，隨身攜帶與妳相愛過的痕跡。

——後來，我發現我的二次穿越，是妳的第一次穿越。

當我穿越後，照史實劇本遞了那張「告白字條」給妳。
妳言語間呢喃「我想跟妳在一起，會照顧妳，以後娶妳。」
我便知曉，妳來了。
妳尚未收下字條，卻能參透我的字條內容，是妳來了。

原諒我，我仍自私的，想與妳共度生命裡美好的一段時日，曾想從這裡，從愛剛萌芽的時刻，便斬斷一切，可我卻辦不到。

妳不接受我後來選擇離開的事實，而想改變過去，我只好奉陪妳，走一遍妳想要的人生；而那，也同是我眷戀不捨的日子。

我盡力給妳幸福，即使我總是做得不夠好。

妳說要我話別說太快，小時候的戀愛，長大會變成笑話。妳正以二十七歲的意識和我說話。我反駁妳：「就算沒娶妳，也要給妳一個家」，全知視角的我，因激動而雙眼泛紅。

初次穿越的妳，改送了我紅色圍巾。

傻瓜，妳送什麼顏色，我都會喜歡，和妳說過了，妳偏不信。

原始的記憶裡，妳媽媽對我尖酸刻薄。而這次，妳力挽狂瀾拯救了一切。隔日，我和爸在房裡聊天，而我也知道，妳會在門外偷聽，門縫有兩隻腳的影子，我指給爸爸看，並做了一個噓的手勢，示意爸爸，我們將不動聲色。

那些穿越的日子，我沉溺在我們快樂的那十年；我貪戀那首來電答鈴的日子，至少有二十天，因此，與妳分開後，我不斷重複那至少二十次與妳的舊日子。

好捨不得，想永遠窩在我們的好日子裡，日夜溫存。

與其讓妳承受與我相同的傷，

我寧可獨自逞強。

妳快走吧，
趁我眼淚還沒落下。

我眷戀著妳的眷戀；
也重來著妳的重來。

妳向我求婚了。我早猜到，妳的執著不比我少。
「王宇陽，任何事我都不怕，就怕你不要我了！」
妳嚶嚶嚶的一把緊緊抱住了我，深怕我溜走般。
聽了我好心疼。

「我想……就讓我嫁給你吧。」妳開口了。
我只說了一聲嗯。一聲心虛的嗯。而妳追問我猶豫的理由。
「嗯，沒有……我的意思是，好，如果這是妳希望的。」

我又把妳逼急了……
「王宇陽你要是不想結婚，你可以跟我說啊。你為什麼不和我說清楚，要讓我一直等你？我只要跟你在一起，我就什麼都不怕，如果你真不想結婚，你要我跟你談一輩子的戀愛，我也願意，就怕你什麼都沒想清楚，根本不知道自己要什麼……」

我知道妳心急，知道妳不安，但我又能怎麼辦呢？

我只能奮力安排著我離開後的一切，確保妳的日子是安穩的……

不願坦承的我，丟出一個從未和妳提及的心結，我與我媽的故事。這是我此生第一次說出這段故事，謝謝妳的聆聽，我感覺我們兩顆心更靠近了，卻也更加深了我的恐懼與不捨，我真不想離開妳……

在一起的日子，我拚命賺錢，給了妳最好的生活、最舒適的居住環境，過敏好些了吧？睡覺有睡好嗎？雨天不潮濕了，冬天不冷了，夏天也涼爽吧？想要的日用品都有捨得買嗎？看妳打理家庭，總令我鼻酸，可惜，我沒法和妳有個永遠的家。

我怕眼淚被妳發現，每一次爭執，每次心痛，我只好離開現場。我是妳的全世界，要是我都掉眼淚了，那妳的世界，不就塌了嗎？

那一次爭執，我說晨姐就是一個幫助我快速賺錢的朋友，要妳別在意。可妳卻頻頻落淚，如此不安，我該怎麼辦呢？時間已經不夠了，我著急安頓妳的日子，顧不上妳的不安，事業與疾病雙重的壓力，疏忽了妳的情緒，對不起呀……

又一次爭執，我掀開棉被，儘速逃離現場，棉被蓋在妳頭上，我措手不及穿上鞋，我說我今天睡飯店吧，妳冷靜一下。而妳在我身後喊著……要我別走。

妳一把從背後抱住我，妳說：「對，我不夠體諒你，我跟你道歉，對不起。但是，如果我真的命好，為什麼我感到這麼委屈？為什麼我愛的人，一點也不在意我的感受？」妳嚶嚶哭泣，眼淚落在我的外套上，我只好轉向妳看不見的方向，盡可能忍住眼淚。

我從來不想責怪妳的不安，只是我沒有時間了。
我們難道要把剩下的一丁點時間，花在不安上嗎？

時間快不夠了，我快死了，
我們不要浪費時間好不好？
妳要想著「妳自己的未來」
就算沒有我，妳也要能好好過活……

偏偏，就因為在意，才會有摩擦，
才有各自的堅持，才會兩個人都走心、都有眉角；
要是不在意，就不會干涉了，對吧？

餘生裡，我最在意的就是妳呀……

我說過……

「妳不能把我當成全部，我應該只是妳生命的一部分。」要妳找到妳的熱忱，要妳自我實現。我不要當妳的生命共同體，我希望，就算沒有我，妳仍然能獨自好好活下去。

我還說過……

「妳不該像寄生蟲，寄生於我……不是每個人都像我一樣，會為妳付出所有、給妳寄生。難道沒有我，妳就也要死掉嗎？」我故意說著狠毒的話，希望刺傷妳，讓妳不要再把等我回家，當作妳的熱忱，那會讓我更捨不得……

如果妳也同樣珍惜我，可不可以多愛惜自己？

如同父母，父母如果愛著孩子，就不該為孩子付出太多，
應該為自己付出多一些，
好好吃飯、好好玩樂，捨得為自己花錢。

要是孩子看見父母快樂過日子，
孩子也才能安心去飛翔呀……

我曾說，我不甘願被情感的羈絆綁架，我的自由，不該被任何人以愛之名束縛著。我天真以為我想的都對，直到媽媽臨終前傳來的訊息：「媽媽希望你幸福，有人愛你。媽媽也愛你。」

我想對妳說：「我希望妳幸福，有人愛妳。我也愛妳。」

如果妳的世界，大雨落下，
就讓我成為海洋，擁抱妳所有悲傷。

昏暗的日子，不免在彼此身上，劃破什麼，留下些疤，
但那些爭執與傷痛，看似彼此束縛，卻都關於愛啊……

而那些束縛與碰撞，終將成為彼此的養分，使我們成長，
願我們分開以後，妳能自由飛翔。

我沒有太多奢求
只願以後的日子
我不在了
命運能安排一個好人
來照顧妳
不再讓妳孤單。

這天，爸又來探望我，病床上，我問，小雨還好嗎？爸爸淡淡說了：「小雨醒了以後，好像什麼都沒發生過，什麼情緒都沒有，但是她現在開始做直播，還會跟人家談判，和以前很不一樣，她一切安好。」

爸爸開啟小雨的直播給我看，手機螢幕裡的妳，對著鏡頭做菜、教學和觀眾互動。臉上雖然掛著笑容，但我卻感到妳的內心像是冰凍起來一樣。距離那次在夢裡和妳告別，已經將近半年過去，我每天都會收看妳的直播，發現妳竟然還推出了做菜教學線上課程。直播觀看人次破萬時，我也躺在病床上替妳慶祝。

爸爸要我別擔心了，他都幫我注視著，爸也不願見妳再次放棄生命，爸幾次開導妳，要妳說出憂傷，妳卻說妳沒事。我只希望是真的沒事。

「小雨現在很獨立，上一次去看她，她經營的料理線上課程，已經能養活自己。小雨事業蒸蒸日上，累積粉絲人數。那天看到線上課程銷售平台的工作人員，到家裡找她簽約，人家特地上門，她還根本不用出門呢。

談合約那天，對方開高價給小雨，分潤很高，但小雨大概是不在意分潤，她很全心全意，做她喜歡的事情。只是，小雨也很聰明，她開口向對方提了一個要求——分潤費用不能年底才結算，要半年結算，並且要事先預付我一筆簽約金。」

「怎麼樣？陽陽，小雨成長好多吧？有喜歡的事，辭掉了不喜歡的工作，而且啊，還能為自己談判了。」

爸爸開心的語調述說著妳親手建立的好日子，我聽著也很開心。

那年，和爸在書房暢談許久，我先是遞了一張紙給爸，在紙上寫下一段話，並伸手指向門縫，暗示小雨在外偷聽。我用手寫的方式，告訴爸爸我的計畫。

我們彼此沉默，面對面，用筆來交談。

房內有紙張摩擦的聲音，桌面物品正被移動的聲音、筆放下的清脆聲響，而後一聲輕咳、啜飲聲、杯子放下時碰撞了桌面等。卻遲遲無人開口。

「小雨在門外聽。」我寫。

「OK。」爸爸的筆跡。

「我愛小雨，但我們不可能在一起……」

「？？」爸爸在紙上畫了兩個潦草的問號。

「我的腦部長了腫瘤，可能只能再活五年。小雨不知道，我怕她知道會傷心，所以想提早和她分開，不會和她結婚。但會留些財產，讓她能過好生活。」我工整的筆跡，代表著我的決心，寫下。

「……」爸爸的黑筆在紙上點上幾個無語的符號。

再寫了一個「嗯」字。

爸爸說話了：「我就直接問了，你現在年收入多少？未來，你理想的年收入又是多少？你要怎麼達到？」

於是，我開口報告這幾年打工和投資，攢了一筆本金，再說了一口流利的商務策略，如何進入市場、如何獲利，又該在什麼時刻止損與止盈。言談間畫了一張區塊鏈在台灣將展開的藍圖，像一場二十分鐘的商務簡報。

換爸爸沉默許久。我們再次用桌上的字條對話，空氣裡安靜得，僅剩桌面物品被移動的聲響。桌上茶杯被拾起再放下，啜飲聲、嘆息聲，紙張摩擦與器物被移動的聲音。

後來爸爸開口了：**「感情很難一輩子，盡力就好。我幫你吧！是為了小雨，也是回報你的心意，你既然決定了，就去做吧。」**

爸還說：「還有些日子，未來也許會吵架、會互不相讓，也可能發現對方不如自己所想，但無論如何，記得對方曾經的好啊，只要記得一點點曾經的溫暖，就值得再撐一下，也許，不遠處，下個轉角，就是一輩子了。」

「你是辛苦的孩子啊……來來，過來。」爸擁抱了我，像是在告訴我，這一路上，辛苦你了，你很棒了，你做得很好了。

那本借給爸的《藍海策略》裡面夾了一封給妳的信，爸也把我和他對話的紙條，一起夾了進去，他說想讓妳知道我的隱瞞並無惡意，要妳別恨，別再孤獨，有人愛妳呀。而我多次交代爸，千萬要等小雨一切都平靜了，已經釋懷了，開始新的人生以後，才能給出去啊。

昨天，爸說把書給妳了，妳卻毫不在意。

我大概傷妳很重吧，妳真的放下我了。

爸將《藍海策略》遞給妳，說這是陽陽留給妳的，妳卻一句話也沒說，連伸手收下都不願意，爸只好擺在桌上。

爸告訴妳：「小雨，這是宇陽留給妳的房子、銀行帳戶和存款，他告訴我，要我在他離開後，幫忙把他名下的事情都留給妳，讓妳能衣食無憂，快樂的生活。」

小雨連看都沒看，只說了一聲「喔」。
便開啟直播，繼續進行新菜色的課程宣傳。
順手，將存簿、卡片等文件，隨手扔進抽屜。

妳能有嶄新的人生，就是最重要的了；
無論如何，只要知道妳過得好，那就夠了呀。

只願妳快樂的生長，
而我會時常，遠遠看望妳。
愛不一定要擁有，
希望對方自由長成自己嚮往的模樣，
就是我對妳的愛吧。

最 終 章

那女孩，對我說。

原來
大多數緣分走進我們的生命
皆不是為了與我們相伴到老
而是為了使我們成長。

長成一個
能獨自扛起自己一輩子
的那種大人。

一年了。距離和王宇陽分開，已一年了。一個人的日子，不習慣的也都習慣了，空虛的、難過的、寂寞而空洞的，都用工作填滿了。我封存了所有情緒，活得像個社會期許的大人般。

又是一個霧雨紛飛的日子，濕氣將台北填得沒有一絲空隙，唯一乾燥的，大約只有我那有如無菌室般的家了。一邊收拾著郵差送來的信，一邊看著窗外依舊無盡的雨落下，遠方的台北 101 大樓在雲霧中亮著光。

我從諸多信中，抽出其中一封，是銀行提報給政府的年收入扣繳憑單，上面註記了我的年收入以及今年該繳的稅額。確認手機裡的網路銀行，有同樣的款項匯入紀錄，我伸手拿了桌上的銀行存簿，穿上大衣。走出門。

開著那台王宇陽當年買的特斯拉，車輪與引擎無聲的運行，我靜看雨水敲打車窗，表情冰冷，不帶任何情緒的，跟著前方一長串車水馬龍緩慢前行。

車子抵達目的地，我將車停妥在地下停車場，帶著信件和存簿搭上電梯，一層一層往上，電梯門打開，白色的牆，輪椅和點滴，老人與病患，我毫不猶豫往我要的方向前進。

步伐堅定，雙眼已覆上一層薄膜，強忍著，就怕輕眨而不小心落下。

確認房號，推開門，拉開門帘。
你呆坐在病床上，正凝視窗外落雨紛飛。
「王宇陽……」我喊了你一聲，淚水立即滑落。
你卻不願意看我，臉頰漲紅，突然爆怒，你推倒了桌上的餐具和雜物，物品散落一地。你怒吼了一聲。我嚇了一跳，卻仍然靜靜幫你拾起掉落地上的雜物。將物品擺放歸位，我拉了張椅在你身旁，坐下。

「我跟妳分開，就是要妳好好離開，妳為什麼又要回來！我就是不想讓妳看到我最糟糕的一面，妳為什麼要回來！妳滾出去！」你的怒氣裡強忍著淚水，你也很努力的，不將眼淚落下。我沒有想跟你一起生氣，只是靜靜攤開我的繳稅紀錄和銀行帳戶餘額證明。

「你以為我為什麼要認真學做菜、賣線上課程，還不是為了讓你能安心的離開！」我氣呼呼說著我的努力，止不住嘟起嘴來。

拉開衣袖，逼著王宇陽看我的左手臂

——太陽和雨雲。和王宇陽相同的刺青。

「不只你要練習告別，我也要練習和你說再見啊……」

我說完，雙眼泛紅。我們都倔強忍著眼淚，誰都不願它們滴落。

你不知道吧？

我早就知曉一切了。

我們同居後，你的事業正逢攀爬巔峰之階段。任職於交易平台的你，嚐了甜頭，進而更堅定的，使勁於這座藍海扎根。

那兩年，每週都有幾次，一整天會突然聯繫不上你；

你說工作很忙，所以晚回家，或直接睡在飯店不回家。

每一次你不回家，我就會歇斯底里翻你的外套口袋、褲子口袋，偷看你的筆電、窺探你筆記本，推敲你的日程，想確認你沒隱瞞我什麼。小偷般的行徑，我活成了別人眼裡的瘋女人。

瘋婦般的我，在你大衣內側口袋，發現幾顆遺漏的藥丸。到藥局查問，得知那是強度最強的止痛劑。我才明白事件的嚴重性。

你經常藉口外宿，起疑心的我尾隨你，才知你勤跑醫院。你經常回家後到廁所裡嘔吐，你說是喝酒。我沒拆穿你。你情緒起伏異常，說是工作壓力大。我知道，那也許是偏頭痛造成的情緒不穩。好不容易有時間和你聊天，你卻說頭痛，睡一下就好。

我一次也沒拆穿你，等著你調適好自己，等著你有一天和我坦白，我們能一起面對。而我，努力扮演一個寬容大度的，善解人意的伴侶。

日子一天一天，我好心急，你什麼時候要和我坦白一切？為什麼你總在講晨姐的好、講你事業的成功，就是不提任何關於我們的未來？

你又迴避我了。走出房門，看見正穿鞋的你，你說今天睡飯店，要我自己沉澱一下。我叫你停，叫你不要穿鞋子了，我沒有要你走……

我抱著你哭泣：「如果我真的命好，為什麼我感到這麼委屈？為什麼我愛的人，一點也不在意我的感受？」為什麼你給了我一切，卻想對我「不告而別」呢？

你又藉口出差了。我也藉口送甜點，打了電話問晨姐他們喜歡什麼口味。聊了一陣子後，晨姐說她非常不解，為何王宇陽這麼心急，才二十七歲，還有大好時光，卻要如此著急賺錢？聽到晨姐的疑問，我卻突然什麼都懂了……

回家路上，我頻頻暗示你，你卻仍然不願意對我說實話。

「那你除了事業之外，沒有其他事情要跟我分享嗎？」我暗示著你。「工作已經那麼累了，妳饒了我吧。」你的口氣真的很累。
「你不覺得你這樣，會讓我更傷心嗎？」**我再暗示你一次。**
「你覺得這樣的生活就是我要的嗎？是在為我好嗎？」**再一次。**
「你有試圖要理解我嗎？你有想過我的感受嗎？」**又一次……**
而你只要我別想太多。

你有你面對這一切的方式，我理解的。
但我也好害怕，害怕沒有你的日子，剩我獨自留下……

回到家以後。你先洗澡，我卻在房間忍不住掉眼淚了。
我一直哭，嚎啕大哭。
把頭和臉都埋進棉被裡，大聲的哭，再也停不下來。
這是我這輩子第一次哭得這麼難受。

住好的房子，開好的車，在年紀很輕的時候，享受最好的物質生活，此刻的我，卻覺得好孤單，我該怎麼辦？

你掀開棉被，要我別哭了。沒什麼好哭的。
你說晨姐就只是一個幫助你快速賺錢的朋友，不必在意。
我一句話也沒說，只是繼續掉眼淚，眼淚就是停不下來。

我討厭晨姐是一回事，但最難受的，還是你孤單承受了一切，你為什麼總是這樣逞強，我們不是生命共同體嗎？我們該一起面對不是嗎？你瞞著我，而我想找到最兩全的方式……。

但時間快不夠了，你快死了，
多希望你不要浪費時間在外面，
多花點心思在「我們的現在」，
我們不是要相愛到最後的嗎？

在我的哭聲裡，你再一次情緒失控，大聲對我吼：

「我沒時間陪妳在這邊不安！」

我哭得更淒厲了。這不是我要的。這不是。

你真的沒時間了，你沒時間了……

我什麼都不要，只要你跟我說一聲你愛我……

我啜泣說著，哭到無法順暢呼吸，話也說不清楚。

「你……愛不……愛……我？嗚，嗚……」

哭聲更加猛烈，我再也忍不住。

「你……以前……都……會……說愛……我，嗚……」

昏黃的房間裡，迴盪著我的哭聲，我像是失去一切的喊著。

你永遠不會知道
我是如何哭到撕心裂肺
再把自己縫補起來
裝作完好如初
大剌剌的笑著
假裝什麼都沒發生過。

我早就發現了一切，我大哭的理由，根本不是嫉妒你跟晨姐，而是我跟蹤你到醫院，偷聽你跟醫生對話，得知你的日子不多了。

而你選擇隱瞞我。我當然想不顧一切拆穿，用我想要的方式去面對即將劇終的這一切，但那並不是愛你的方式，我愛你，所以我應該尊重你的選擇，理解你的選擇……

我們的日子不多了，最後的日子，你想怎麼生活？
你想獨自一人？還是與我相伴？
我是後者。但你是前者吧？撐著最後一絲尊嚴，獨自離世。

我們的關係裡，你總是強大的那一方；
你的自尊心，絕對不會允許自己面目全非在我面前，
還得我照顧你的起居，那不如死了更快活。

我必須若無其事生活，
守著你正在守著的祕密。

我只能順著你的選擇，並且在你的選擇中，不斷想證明你這一輩子，究竟把我放在什麼位置？但你連一句「我愛妳」都勉強。也許你無力顧及，又或是，在生命的最後，人會在意的只有自己？而不是自己深愛的對象？

你獨自承受的那些，漸漸堆疊壓力，那份痛苦築成一道高牆，把我們心意的交流也阻斷了。我卻漸漸感受不到你。
直到那天，我終於也承受不住……

——要是沒有了你，我該怎麼辦？
——失去你，我獨自活著還有什麼意義？

太陽穴旁仍流著血，掌心被碎片穿刺。
已過中午，將近十二小時沒有你的消息。

傳給你的數十則訊息，你未讀；
話筒傳出一句：您撥的電話未開機。

再一次深夜，你的社群毫無動靜。
再一次清晨，你仍舊沒回訊息。

你打算離開這個世界了？

終於聯繫上你，電話裡，我對你吼著：「你怎麼可以擅自決定離開我？在一起是我們兩個人共同決定的事，為什麼分開，就你一個人說了算？你不顧我的感受。而且，沒有你我要怎麼辦？我怎麼活下去！我們不是生命共同體嗎？我們不是說好一輩子非對方不可嗎？我把你當成全世界，我的熱忱就是等你回家……」

我唯一想離開世界的理由，

是你若不在了，我便無法獨活。

後來，最後一次，我們都回到了二十五歲的夢境，我告訴你沒事，我自己想通了，你有你的倔強，你短時間內無法達到我的要求。但沒關係，我不會強迫你改變，因為我在意你，我會讀到你的需求。如果你也在意我，你總有一天，會用你舒服的方式，來滿足我。而在那之前，我會體諒著你。

我告訴你……

「不管未來有多可怕的事情，我們都要一起面對，好嗎？」

你卻說你消磨夠了。

我問你為什麼？你明明愛我，卻一直逃？

你什麼時候才要對我說實話？

什麼時候才要面對自己真實的心意？

……你沒有回覆我，轉身離開了。

因此，我明白了，你選擇了你的方式。

而我唯一能做的，是長成一個讓你放心的樣子，

讓你能安心離開，是我愛你的方式。

……

記得嗎？我曾問過你「這輩子你最想完成的事情，是什麼？」

你說你希望我好好過生活，像晨姐一樣，成為一個獨立的女性，

獨立的經濟與獨立的人格。成為一個完整的人。

我想了想，我什麼都不會，唯一擅長的，就是每天等你回家吃飯，我曾為你而學習的各種料理，大概是我唯一的專長吧。於是，一個人窩在家的日子，我天天做菜，研究食譜，試吃料理，為了給你一桌好的晚餐。偶爾無聊，我會直播向網友分享做菜。

我開始配合著你的計畫，卻仍然時常感覺不到你，你拚命工作著，我們相處的時間好少。我們都渴望自己的聲音，被對方好好對待，但沒有一個人，有餘力照顧彼此。

我們都很難受，也都希望能給對方體貼，
我們都要彼此好好的。

即使爭吵，不安與束縛……面目猙獰也心痛至極。
在愛面前，最後的我們，唯一希望的，是成就對方的心願啊……

兩人份的悲傷
也許才能不那麼悲傷。

你總想獨自承擔自己的悲傷……

病房裡，我的眼淚不斷落下，臉上卻沒有表情，用盡全力壓抑情緒。我怕我要是不夠堅強，你會不會又心疼了我，而捨不得離去？我不要你那麼辛苦……

我靜靜坐著，想陪著你，而你再次叫我離開，你要我滾。聽你又趕我走，這一次，我卻決心不會離開，不論你怎麼趕我走，我都要留下。只要其中一方還緊緊抓著，愛就永遠不會散……

只是我壓抑許久的情緒，終於一發不可收拾：

「我比你勇敢多了。我敢賭上一生性命、一輩子的榮辱，去愛一個人，即使他把我傷到無地自容，我也願意去愛。

而你即使正愛著我，也永遠隔著一道牆，你從未顯露真心，你的眼淚藏著、心痛藏著、所有悲傷的過往都藏了起來。

你明明愛著我，卻要我愛自己，不要那麼愛你。

因為愛這件事情，你知道，你根本懦弱到承擔不起。」

我說完了。

一口氣，所有不曾說出口的難受，都讓你知道了。

你仍然壓抑著情緒，你說：

「如果我不提早離開妳，要怎麼在最後的時間裡，確定妳能獨立呢？如果我不主動放下妳，妳要是捨不得放不下我，該怎麼辦？如果我解釋太多，妳太體諒我，而惦記我太久，妳要怎麼開始新的日子……」

一個瞬間，我們把真心話都說開了以後，病房裡好寧靜。
我再次彎腰拾起散落床腳的物品，擺放整齊在桌上。
後來，我將頭輕輕靠往你的胸口，好久沒有靠著你了。
你伸手輕撫我的臉頰，你對我說：
「怎麼辦……怎麼辦……妳來了，我就捨不得離開了。」

我們相擁而泣，這輩子，緣分要結束了。
我只能珍藏著你在我心裡留下的故事，
一個人，繼續生活了。

你的眼淚落在我的臉頰上，我第一次見到你真的落淚。
你說：「我會擔心我不在之後，妳過得好不好，我擔心冬天的冷空氣是不是讓妳咳嗽？春天的霧霾讓妳過敏怎麼辦？秋天到了，妳有沒有錢買新外套過冬？夏天的濕熱會不會讓妳沒胃口，妳有沒有好好吃飯……」

我也說：「寶貝不要擔心，你給我的已經好多好多了，我有好多你給我的愛，足夠我這一輩子到老都珍藏在心裡，我很幸福，你給我的愛，讓我在沒有你的日子，也能獨自幸福著……寶貝謝謝你。」我也泣不成聲。

我承接著你的淚水。

你的眼淚和我的，匯流在一起……

兩人份的悲傷，也許，會比較不悲傷。

我輕輕在你懷裡，告訴你：

「這一年，我一直住在你那年買的家，我一直覺得某天，也許大門會推開，你會自己突然回來。我不想走，怕你若回來了，你會找不到我。」

你的胸口好溫暖……我也好捨不得你離開。
「我們，不要再不告而別了，好不好？」我說。

你沉默。但我都明白……

你也很寂寞，你也在悲傷；
你也有眼淚，你也會難過；
你也曾拚了命努力卻仍不知所措；
你也獨自走在深夜的街道上落淚。

但你一直在逞強。落下無聲的淚水，
連啜泣，都被你的意志力按下靜音。

我的肩膀
也是可以倚靠的。

病房夜裡，你坐在病床上，我們敞開心胸聊了好多，你接連問著我的事業細節，合約怎麼樣、條件好不好、市場如何拓展……你呀，到了最後一刻，想聊的話題都仍然是我。你在意的，仍然是我能不能自己完整自己。

聊著聊著，我分享著，你竟坐著打瞌睡了，你總是愛逞強。看著你，我微笑了，笑中帶淚的。

從前啊，我以為，不夠愛我的人，才會希望我成熟體貼、懂事、穩重、情緒穩定、去工作，不要整天閒著。如果你真的愛我，就會單純只希望我開心。

但後來我才發現，不是的。愛我的人，才偏偏逼著我成熟懂事、自給自足，因為你真的愛我，而打從心底擔心：

「要是我不在妳身邊，妳要怎麼辦？」

王宇陽，我想要你放心。

我沒你想得那樣脆弱，你不在了，我能自己賺取足夠的收入，也可以一個人扛行李上下樓，能夠自己組裝傢俱和換燈泡。只是你在的時候，我會安心自在的，做回一個撒嬌耍賴的小朋友。

我確實依賴你，想依賴一輩子，但這份依賴，並非沒了你，我就無能為力；而是有了你，很多事都有了非凡的意義。比如，可樂的瓶蓋，你幫我擰開，就會更好喝一點……

你啊，你啊，就是一個愛逞強的大男生。

男生們的許多辛苦，並不會說出口。他們獨自扛下一切的理由，常常只為了讓自己的辛苦付出，看起來輕而易舉，讓身邊所愛之人能安心生活。

你不太向我抱怨你遇見的辛苦，對我說得更多的，總是……

「妳覺得跟我交往後，日子有變得更好嗎？」

「跟我在一起後，有變得更開心嗎？」

以及那些你絕口不提的未來，其實你心裡都有一把尺，掂量著自己能承擔多少、付出多少、放下多少、難過多少。

我明白的，我都明白，當你逞強的時候，我能為你做的，就是相信你，也默默配合著你，感受你為我的付出，接受你的努力，給你多一些空間，也練習自己安定，不猜疑，不焦慮。

你要的，只是我的安心和信任，對吧？

當我相信著你，你所逞強的一切，便都有了意義。

你的愛逞強，就像我的多疑一樣，
都是沒有安全感的表現呀。

你這個大男孩，太擅長假裝自己沒事了。
你會扛著行李，走三層樓梯，再輕飄飄跟我說一點也不重。
你為我花錢，卻自己省錢。
你承受著多重壓力，卻不願讓我陪你分擔一丁點。
你總是表現一副自信，要我放心。

王宇陽，我想對你說：
「你已經做得很好了，沒關係的，不用一直強撐著，當你累了、倦了，另一半的肩膀，也是可以倚靠的。」

當你的世界，正狂風暴雨
我願成為，你能安心停靠的港。

陪伴宇陽度過生命裡的最後一個月，我把宇陽接回家，一起度過最後的家庭生活。我做的菜，你已經無法吃了，但你仍然喜歡看我做菜，你說，看著我做菜，能讓你心安。你說這代表你離開以後，我能照顧好自己。你說仍想實現娶我的承諾，於是我們換上婚禮般的服裝，在家拍了合影。

我說照顧你的起居很忙，不再直播做菜了，你卻要我照常做我喜歡的事。你虛弱卻仍微笑著，在輪椅上滑手機，手機裡全是我們的合影，去過的地方，吃過的美食。你問我怎麼還沒換冰箱？我說雖然它吵，還會漏水，而且尺寸不合，但因為是你那年買給我的，所以再多瑕疵，我也捨不得換。

與你共度的日子，有快樂、有悲傷、有拉扯、有各持己見的矛盾，但十多年後，總歸一句，能待在你身旁，那便是好日子。

感情裡最令人羨慕的，是我們經歷多年磨合，吵不散，
而終於能看穿彼此說不出口的那些。

我終將看透你的逞強，懂你開不了口的脆弱。
外面的世界槍林彈雨，但無論如何，我在這裡
——成為你能安心倚靠的一座避難所。

謝謝你，王宇陽，因為愛過你，我長得更強大；
未來，生命裡的苦難與孤獨，我都不怕。

那天，下午，陽光灑滿客廳，寧靜的午後，
你金黃色的側臉遠遠望著我，嘴角揚起笑容。

你給我的愛，已經充滿了我生命的裡裡外外；
那戶房、那張床，那座沙發，以及我日常的一切。

你是我的情人，也是我的養分，你完整了我的生命；
謝謝你走進我的生命，謝謝你成為我的幾分之幾。

備料的我，看見沙發上的你精神與氣息微弱，
我意識到也許就是今天了，你要離開了……

我拿起相機，拍下我們的最後一張合照。
我緊握你的手，我們的手臂，有一對的刺青，
太陽是你，雨雲是我。
相同的圖案，這樣下輩子，是不是就能相認呢？

抱著你，你也將頭靠在我肩上，而後滑落在我的胸口。
你貼著我的胸口呼吸，呼吸漸弱。

抱著已近乎沒有力氣的你，我哭著對你說：「寶貝，我找到了我喜歡的事情，我有喜歡的工作，我可以養活自己了，你不用擔心我了。我已經有能力了，我需要的都能靠自己，我會照顧好自己。只是，只是……**我什麼都有了，我卻沒有你了……**」

你漸漸睡去，從此長眠。
意識薄弱的最後，你對我說的最後一句話，
只有五個字，「照顧好自己。」

要我好好生活，是你最後惦記的事情。

你終於還是離開了我的生命。
那麼努力的我們，什麼都擁有了，
而我卻……沒有你了。沒有你了。
沒有……你了。

……。

……。

……。

……。

雨會停

天空總會放晴。

心很空，天很大，雲很重，我恨孤單，孤單卻趕不走；
你離開以後，我回到一個人的日子；
生命像空了一塊，失去你以後，便再無法感到完整。

仍然做著你愛吃的料理，仍逛著適合你的衣服與球鞋；
你早已是我生命的一部分，無法抽離。

那日，整理家裡，翻到抽屜裡那本書，
夾著那封你寫給我的信。

小雨。我不在了，就代表永遠住進妳心裡了。
妳悲傷的時候，有我陪著妳，
兩人份的悲傷，就不那麼悲傷了吧？
妳過的日子，是好，是壞，都有我的份喔！

下輩子，
我願，我是一座自由的海洋，給妳一整個週末的海闊天空。
我願，我是一片遼闊的星空，安撫妳疲倦的日常。
我願，我是一顆落下的夕陽，在妳孤獨時，伴妳流淚。

這輩子，
我不在了，而我們一起看過的藍海、星空、夕陽，和淋過的那場雨，它們，都成為代替我繼續陪伴妳的珍貴回憶。
我不在了，但我仍可以是一首歌，陪伴妳失眠的深夜，
我不在了，但我也仍是我們曾一起讀過的一本書，當生活的挫敗使妳跌落谷底，妳也能記起書中帶給妳的信念，與我共同的信念。
我不在了，但我仍陪伴著妳，那一座冰箱，一張床，一戶房，一床棉被，一件冬日的大衣。都是替我留下來陪伴著妳的。

原諒我著急賺錢，為的是我不在以後，妳能物質無虞，日常的一切都不匱乏，妳需要的、能讓妳開心的，妳都能擁有。當我不在了，就成為妳身邊的每一個物品，一輩子陪伴著妳了。

給妳的愛，是離別以後，留在妳心裡的事情。

願妳的情緒都能溫柔安放，
因為，我已經住進妳的心裡，
所以，不論妳去了哪裡，家就在哪裡。

……

你離開以後，我常常回到我們第一次約會的標的物。
那座我們一輩子能前往回味的標的物。

這個時空裡，你的時間，停留在你離世的那一天。
而我的時間繼續向前，以沒有你的形式繼續獨自向前。

我發現最可怕的是時間，會讓我漸漸離你遠去……

智慧型手機取代了老式手機，我們的定情曲被改編翻唱成新版本，生活一直在改變，我們一直在失去。我怕我終有一天，時間會讓我想不起你的聲音、忘記你的長相。

淚如雨下。在不斷改變的世界裡，我不想改變，只願獨自停留，徘徊在那些不變的事物裡。

於是我一個人爬上那座曾與你攜手登上的象山山頂，眺望一整片曾與你共享的台北夜景。

家家戶戶亮燈，整座城市泛著溫暖的燈火，
將天際線的暗藍色，染上一層薄薄的橘紅。
我獨自坐在山上，看著曾經我們一起看過的景色。

我記得呀，初次約會的悸動，羞澀低頭不敢看你，
你一把用力把我埋進你的胸口，你的心跳用力撞擊我臉頰，
我記得，都記得。

即使我仍然很孤單，但那個曾在一起，卻已離去的人，
卻已住進每一個我們曾一起看過的風景裡了。

我仍能感覺到你離開那一日，貼著我的胸口呼吸。
我也永遠記得，窩在你的被窩裡，蹭啊蹭，
你暖暖的胸口，貼合著我的背。

抽屜裡，我們一對的舊手機，我仍然保管著；你的那一支，我也一起珍藏著。連同那首來電答鈴，一同封存。

我才明白，你已住在我的心裡，即使我一個人，也正活著兩人份的日子。你即使離開了，也仍然能持續帶給我力量；我在喜歡你的時候，獲得了更多前進的力量。

今年冬天，台北放晴了，不再下著連日細雨。呼吸窗外冰涼而清爽的空氣，門鈴響起，貨運公司送來一箱包裹。好大一箱，得要拆封後組裝。包裹上的訂購人是「王宇陽」。

是一組特別訂製的冰箱。

備註欄寫著：「工作加油，要好好吃飯喔！」

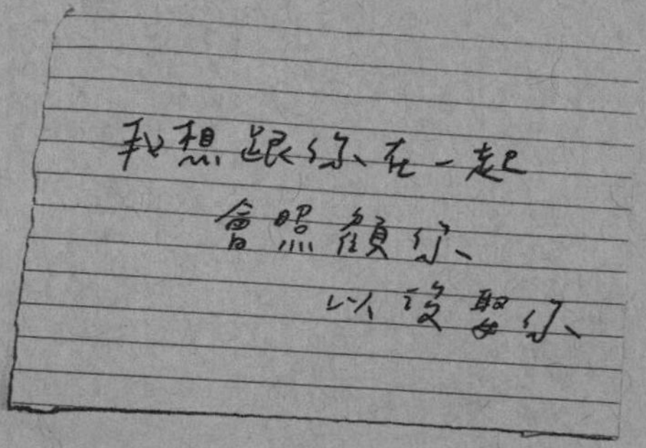

我想跟你在一起
會照顧你
以後娶你

故事的最後，總是陰雨的日子，終於放晴了。
因為王宇陽已經徹底成為小雨生命中的一部分。
他將永遠陪伴著小雨，照亮她接下來的人生。

謹以此書，紀念我們。

後記

各位好，我是本書作者黃山料，這部小說開始於 2021 年 11 月，一個剛入冬的深夜，睡著以後，我夢到我是一個二十七歲的女孩，這個女孩，她走在台北忠孝東路的斑馬線上，她剛下班，眼前是陰暗而微雨的台北街道。她突然停下來，抬頭看向灰色天空，細雨打在她臉上，她覺得內心空洞，像是少了什麼……

夢裡的耳機，正播放著一段旋律：「那女孩對我說，說我是一個小偷，偷她的回憶，塞進我的腦海中……」女孩突然掉下眼淚，當夢裡的她掉淚時，現實世界的我，竟也跟著落淚。

當下，我瞬間被自己的眼淚驚醒。
我為什麼在哭？
為何剛剛細雨打在臉上的觸感如此真實？

醒來後，旋律卻在我腦海裡揮之不去；上一次聽到這首老歌，已是十多年前，為何突然腦海裡響起？驚醒後的我，用手機把這段「夢境」記述下來。

再次入睡後，我竟立刻再一次接續這個夢；
再次夢到我是這個女孩，身後有個聲音叫喊她
——高冬雨。

這天，是我第一次進入她的意識裡。
我認為這不只是夢，而是我在某個意識與時空交雜錯亂的契機下，基於某種我未知的理由，闖進了她的意識裡。

並且，我能感知她正在感受到的一切、她的情緒、觸碰到的物品、看見的人、說的話，我住在她的意識裡觀看與體驗這一切，唯獨我無法與她產生交流。

從此，竟然，每個夢是連續性的故事。

我夢了她二十多天，而我一點一點記錄夢中我所見的一切，最初，完成了兩萬字的初稿。初稿中仍有未看清的部分，於是我做了些改編，而逐漸完成這本六萬字的小說。

我感受到小雨內心始終空洞，而空洞的理由，我直到記錄完整部故事後才懂，原來是王宇陽回到過去，砍掉了他跟小雨的回憶，於是小雨感覺生命裡少了一塊。

那些「做夢」的日子，我每天沉溺於這場「連續夢」，也在夢裡藉由高冬雨的身體，見到王宇陽，從中體會著他們的愛與矛盾。我住在高冬雨的意識裡，但我無法干涉她的思想與行動，只能感知她所感知的一切，陪著她悲傷，經歷著她所經歷的傷痛，伴她的失去與獲得，一起體會那份刻在心上的永遠。

住在高冬雨意識中的這些日子，我漸漸發現現實跟夢境開始錯亂，有時候，白天的我當黃山料的時候，我以為我在作夢。我錯以為待在高冬雨的身體裡的時候，才是我真正的人生。

而我也發現，當夢裡的我也睡著時，藉由《那女孩對我說》這首定情曲，及我和王宇陽一對的舊手機，滿足這三項條件，我就能回到過去，甚至去改變我和王宇陽發生過的史實。

每個夜晚，我沉溺在夢中的夢，被困在高冬雨的意識裡。

我深信這位高冬雨，她生活在某個時空裡的台北，也許和我們是不同時空？也許相同？無法得知。

而現實世界的黃山料，時而被夢中小雨和陽陽所發生的故事，驚嚇而醒來，時而落淚，時而心痛至極而難以呼吸，窒息而醒，有時發現自己在大笑，自己的笑聲把自己給嚇醒。

當故事一幕幕走到結局，答案揭曉，我和小雨一起浸泡在眼淚裡。但我相信，這場淚如雨下的結局，它並非真的結局，而是一個新的開始。

因為我們所經歷的愛、曾奮不顧身的那些，都使我們成長，
而曾經歷的每一個當下，都是我們的永遠。
故事會結束，而有所成長的我們，人生才正要開始。

自從小說兩萬字初稿寫完以後，我已經很久沒有再進入小雨的意識裡了。不曉得我與她的意識斷聯，是因為王宇陽的離去？還是小雨已經不在世界上？又或是故事已有解答？而不必再繼續夢下去？我無從知曉。

高冬雨，失去摯愛後的人生，妳好不好？
我知道妳和王宇陽約好下輩子相見，
但妳千萬別急著去找下輩子喔！

在台北的某個地方，我相信妳會很努力生活；
如果我們存在於同一個時空，如果妳正好閱讀了這本書，
我的 Instgram 是 iam_3636，記得和我聯絡。

最後，要謝謝讀者們閱讀完這部作品，
你們總是給我很多鼓勵，使我繼續成為黃山料。
接下來的日子，我們一起期待下一本小說吧！